Nuovi Coralli 74

© 1964 Giulio Einaudi editore s. p. a., Torino

Impostazione grafica di copertina: Federico Luci

ISBN 88-06-38752-9

Carlo Levi
Tutto il miele è finito

Einaudi

Avvertenza al lettore.

Questo modesto libretto, che non pretende di avere altro interesse che quello del suo argomento, non fu dapprincipio che un gruppo di appunti sommari su un viaggio in Sardegna, nel 1952, che, già pubblicati su giornali e riviste, avrebbero dovuto servire, riveduti e completati, come commento o prefazione a un libro di documentazione fotografica da pubblicarsi in Germania.

Con il passare degli anni, l'opera mutò composizione e struttura: soprattutto per il sovrapporsi delle immagini di altri viaggi negli stessi luoghi, mutate in parte le cose, ed io stesso; e per l'emozione della perpetua compresenza dell'identico e del distinto che ne derivava, e mi suscitava il senso di una dimensione diversa della memoria, di una diversa, quasi stereoscopica, qualità intrinseca della visione. Per questo contenuto di sentimento, ho lasciato intatte, salvo qualche correzione formale, le note piú antiche; e non ho eliminato le ripetizioni, anzi vi ho cercato, come i pastori di Orune nella «cucina vecchia», una conferma della verità dei discorsi già detti.

Cosí, questo scritto, che non è né un saggio, né un'inchiesta, né un romanzo, ma un semplice, laterale capitolo di quella storia presente che tutti viviamo, o scriviamo, in noi e fuori di noi, mi sembra possa assomigliarsi piuttosto a un ritratto, a un tentativo, soltanto accennato e parziale, di ritratto di una persona conosciuta nel tempo, il cui viso racconta e comprende, oggi, i diversi momenti della sua storia.

È, questa persona, soltanto la Sardegna? Se il contenuto reale di un libro è sempre in parte altro da quello che si mostra, come lo è la natura di un uomo sotto le forme fissate del volto, cerchi, se vorrà, il lettore, quel miele, anche a me sconosciuto.

E se questo cercare, e il continuo ritorno delle cose e delle parole, gli apparisse monotono e vano, chiedo, e spero, di esserne perdonato.

[1964].

CARLO LEVI

Tutto il miele è finito

In quale tempo della nostra vita sono scritte queste memorie? A quale momento, misurabile sull'orologio e segnato sul calendario, si riportano queste esperienze? A quali avvenimenti, di quale cronaca quotidiana, si riferiscono, a quali dolori, a quali soli, a quali nuvole? Dove sono quelle macerie della guerra, quei profughi di quelle inondazioni, quelle grotte, quei neri uomini ritrosi e feroci? Quei morti violenti, quei lamenti? Dov'è il miele di quelle api? Dove sono scorse quelle acque di allora, dove scorrono, identiche, ancora?

Qui, nella contemporaneità, dove secoli senza misura sono passati, e dieci anni, anche ricchi di mutamenti e di uomini nuovi e veri, non sono che un istante (e i piani di rinascita, e le avventure edilizie e turistiche risuonano come gridi in una caverna sotterranea, che toccano fugaci il sonno millenario del pipistrello pendulo dal suo nero rifugio di roccia), si sono mescolate le carte, le immagini doppie di viaggi diversi sulle stesse strade ripercorse. Qui, nell'isola dei sardi, ogni andare è un ritornare. Nella presenza dell'arcaico ogni conoscenza è riconoscenza.

Come quando, su un mare estivo e calmo, appare lontana una forma scura, e ti avvicini silenzioso con la barca, e vedi, giunta dal profondo della memoria, la balena, e la nomini e riconosci senza averla mai prima veduta, come se tu ne avessi l'immagine da un prima in te celato, conservato e geloso, e senti battere il cuore per il riconoscimento, cosí, fra le cose d'oggi viventi, l'apparire del pastore con il gregge, e il suo viso remoto.

Sulla terra, sparsa di rocce biancastre, si levano a perdita d'occhio i gigli selvaggi, e, diritti sui gambi leggeri, i fiori degli asfodeli. Sulle costiere lontane dei monti, le greggi sembrano pietre, sotto il cielo mutevole, che insensibilmente si muovono, scivolando silenziose per i pendii solitari. Altre pecore meriggiano, in cerchio, sotto una quercia, bianchi anelli attorno al tronco scortecciato. Pietre, rocce, pecore, asfodeli, hanno lo stesso colore, lo stesso biancastro leggero, appena un po' viola e un po' grigio: il colore dei soli trapassati da secoli, delle ossa antiche calcinate sotto il sole. Un uccello si leva improvviso, frullando, da terra, e scompare. Di lontano, da qualche albero invisibile, giunge il canto sibillino e numerico del cuculo

> cucu bellu, cucu mare,
> cantos annos bi cheret a mi sposare?

Nessun altro segno di vita, né voce di uomini, né geometria di case, né fumo di focolari, appare, da qualunque parte l'occhio si volga, nella larghissima distesa dei monti verdi e azzurri, fino a quelli ultimi, laggiú, quasi trasparenti per la distanza. Su una piccola altura, alla mia sinistra, sorge una torre di pietra. È un nuraghe.

Mi arrampico per il pendio, tra gli asfodeli ondeggianti e gli alti fiori giallo-verdi delle ferule, una specie di finocchio campestre, che dicono velenoso agli animali, e i cespugli di cardo e di spine. Trovo l'apertura, e mi butto, con la testa in avanti, strisciando come un serpe, per lo stretto cunicolo, dove il mio corpo entra a stento. Nell'interno del nuraghe è penombra, e il silenzio pare piú fitto. Seduto in terra, dentro il giro di quei conci di pietra cruda, aggettanti torno torno fino al colmo da cui si mostra il cielo, par di essere fuori del mondo, nascosti del tutto in quella secolare immobilità pastorale.

E tuttavia la Sardegna non è soltanto, o non è piú soltanto, questo selvatico spazio vuoto di storia, che colma il cuore di un antichissimo, delizioso spavento: ma, nel chiuso dell'isola, mille aspetti diversi stanno insieme, e condizioni umane diverse, e diversi visi e attitudini, e attività e sentimenti, spesso contrastanti, sempre difficili a intendersi: un paese oscuro di riserbo, che rifiuta i luoghi comuni e le idee ricevute, ma apre, a chi lo guardi con amoroso interesse, il dubbio di problemi delicati, del nascere e del muoversi primo, dopo lo stagnare dei tempi; e nel quale soltanto le nuove contraddizioni possono forse servirci come l'intricato, esile filo della conoscenza. Una civiltà di pastori si trasforma in parte in una civiltà contadina, tra lotte interne e ambivalenze drammatiche, e già la società contadina si dissolve pel mondo, e sorgono centri operai, come querce solitarie, e se ne sente il peso e l'influsso sul costume.

Tutto è giuoco, in condizioni elementari, ma non semplici, dove, accanto agli interessi economici e ai motivi sociali, permangono le ragioni di civiltà divise, e l'irrazionale delle certezze magiche; e sopra a questo intreccio della contemporaneità, lo Stato e la Chiesa intervengono con indirizzi e conseguenze differenti; e i partiti politici cercano di adattarsi a quella varia realtà, e di influenzarla. Pastori, contadini, operai, intellettuali, borghesi, clero, funzionari, sono mondi vicini e separati, tra frizioni marginali e spostamenti, in un periodo instabile e attivo dove la compatta fissità del costume si è spezzata, e differenti modi di esistenza stanno l'uno accanto all'altro giustapposti, sí che al visitatore affrettato, immerso in quelle presenze e distanze, può avvenire di sentirsi, o immaginarsi, quasi un frammento sconnesso, fra gli altri, di una vita in cui tempi straordinariamente lontani pare scorrano insieme, sotto lo stesso sole, lo stesso nero sguardo degli animali.

Cosí anche Cagliari appare, piena di questi contrasti, a chi appena vi scenda, dopo un'ora e mezzo di volo, venendo dal Continente, dalla *terra manna*, tra lo stagno di Elmas e le saline. È una città bellissima, aspra, pietrosa, con mutevoli colori tra le rocce, la pianura africana, le lagune, con una storia tutta scritta e apparente nelle pietre, come i segni del tempo su un viso: preistorica e storica, capitale dei sardi e capitale coloniale di aragonesi e di piemontesi; una delle piú distrutte per i bombardamenti dell'ultima guerra, e, in pochi anni, una delle piú completamente ricostruite.

Cagliari è stata rifatta, mi dicono, col danaro e l'opera dei cagliaritani: cosa assai diversa da quella eternata nel bronzo nel cuore della città. Qui sorge la statua del re Carlo Felice, mascherato da antico romano, con toga e mantello di ermellino, o forse di agnello, e il braccio oratoriamente proteso, a proteggere o a benedire, come un santo. Questo tenerissimo re viene ancora scambiato, mi raccontano, per una immagine sacra dai pastori e dalle donne della montagna, che gli si inginocchiano davanti quando scendono a vendere la lana e i formaggi o a fare compere.

> QUI COMINCIA LA VIA
> DA CAGLIARI A PORTO TORRES
> DECRETATA E SOVVENUTA DEL SUO
> DA RE CARLO FELICE
> E QUI DI LUI SORGE
> LA IMMAGINE IN BRONZO.

La strada fu pagata dal re, *del suo*; la statua, gittata in Cagliari dagli artiglieri diretti da Carlo Boyl loro colonnello, invece, come dicono le lapidi del basamento:

> VOTATA DAGLI STAMENTI
> NEL 1827,
> COMPIUTA NEL 1833
> COL DENARO DELLO STATO
> RAMMENTA IL REGALE BENEFICIO
> E LA SARDA RICONOSCENZA.

Anche noi ci avvieremo, seguendo il gesto protettore della mano del re, lungo la strada che porta al nord, e che si chiama senz'altro la Carlo Felice, fin da quando egli si compiacque di farne dono a quella sua colonia in mezzo al mare dove, per circostanze indipendenti dalla sua volontà, si trovava ad abitare.

I piemontesi, del resto, erano arrivati quasi a creare uno stile coloniale (mi fa notare l'amico, storico sapiente, con cui passeggio), i cui soli esempi puri e riusciti sono qui. C'è un '700 coloniale piemontese, assai grazioso, di una grazia esotica e trapiantata, un po' come le chiese spagnole del Sud America: un esempio piacevole se ne può ammirare in una piccola chiesa di via Torino, un balconcino alto sull'arco, quasi in faccia all'albergo «La scala di ferro». (Il coloniale piemontese dell'ottocento è meno grazioso; è fatto essenzialmente di portici, e la sua forma sarda consiste quasi unicamente nella via Roma, la strada principale lungo la riva: qui è ancora uno stile puro: il coloniale piemontese costruito invece a Roma dopo il '70 si perse in quel mare di architettura, e si lasciò a sua volta corrompere e colonizzare).

Alla «Scala di ferro» entro, e mi fermo a colazione, per la curiosità di ritrovare un luogo fissato per sempre sulla pagina, in un libro che, se anche può parere poco felice nelle sue tesi, è però ricco di autorità poetica e visionaria, sí da poter servire paradossalmente di guida o di richiamo della memoria, il *Sea and Sardinia* di D. H. Lawrence. L'albergo è rimasto in piedi tra una bomba e l'altra: sotto, si apre la vista dei ruderi di un recente Foro, un teatro distrutto. C'è un'aria simpatica qui: nel giardino sono stese le maglie della squadra gloriosa del calcio, coi numeri bianchi cuciti; vicino alla cucina pende da un trave un prosciutto nero di fumo, con la zampetta intera della bestia. – La si lascia per distinguere il maiale dal cinghiale. È prosciutto di montagna, il piú squisito che si possa trovare – mi dice il padrone, e aggiunge, ironico e sorridente: – Viene dal paese dei briganti –.

Nell'atrio gruppi di giovani si dispongono a passare la giornata e la noia provinciale a un tavolino, in lunghe, ostinate partite a carte.

Macerie se ne vedono ormai poche; interi quartieri nuovi si allargano verso il mare: la città è cresciuta. Vicini uno all'altro sono i monumenti storici, la chiesa degli Stamenti, il palazzetto spagnolo di Carlo V, la Prefettura piemontese, il Vescovado; poco piú in alto, davanti a una casa aperta e diroccata, paradiso dei bambini, che vi hanno graffito e dipinto certe loro figure magiche, ragazzi giocano con un fuoco di sterpi. Piú su, l'Arsenale è crollato: la facciata vuota, a pochi passi dalla cava torre pisana, e dalle celle per i prigionieri «aegrotantibus» benignamente tagliate nella rocca da un re di Piemonte, sembra un perfetto palcoscenico antico.

Anche la Passeggiata Coperta, piú sotto, è in parte crollata: ma in questo ultimo esempio cagliaritano di stile coloniale già tardo e imbarbarito al contatto con l'accademia italiana ed i primi fermenti classico-imperiali, si sono installate da mesi trentasette famiglie che hanno perso la casa per le inondazioni dell'autunno scorso, questo autunno 1951, cosí piovoso e rovinoso. È lo spettacolo ormai troppo consueto del dopoguerra: dei tramezzi di legno e di latta, dei mobili accatastati, dei bambini formicolanti. Altre famiglie abitano invece in grotte, come a Roma al Viale Tiziano sotto i Parioli, o dietro il Campidoglio o tra gli archi degli acquedotti: ma le grotte di Cagliari sono forse piú impressionanti di quelle di Roma, e forse altrettanto antiche di quelle di Matera. Le trovo, oltre il Buon Cammino (che è il carcere, cosí come Bonaria era luogo di malaria) sul colle di roccia che sta sopra il quartiere operaio di Sant'Avendrace. È una montagna cava, bucata, brulla, bruciata dal sole; una specie di maligno e grandioso deserto meridionale, dove, come gli eremiti nella Tebaide, si sono rintanati qua e là uomini e donne, e nascono e muoiono bambini.

Anche il Teatro Romano, scavato con i suoi grandi scalini di pietra nel fianco della montagna petrosa, formicola di persone, rintanate nei buchi, nei cubicoli attorno alla platea, in ogni incavo di quella sassosa e solenne meraviglia. Vi si può scendere per i sentieri dirupati, come in montagna: ma i buchi delle porte sono numerati, allo stesso modo di quelle delle grotte del quartiere Flaminio, a Roma. – Siamo numerati, siamo numerati; per non perderci, – mi grida una ragazza nera, che vede che la osservo. Su una porta sono attaccati simboli monarchici e neofascisti: ad essi vanno le speranze dei cavernicoli. L'amico che mi accompagna si ferma a guardarli, e vorrebbe fotografarli: ma dal buio della grotta esce, con aspetto feroce, un uomo in mutande, peloso e tatuato sulle braccia e sul petto, e lo minaccia: – Non voglio fotografie della moglie. Andate via, qui vengono a fotografare le nostre mogli, e poi le mettono sui muri, i comunisti. Fotografate quello che volete, ma me e la mia famiglia, no.

In un'altra grotta le donne sono meno ritrose, e portano esse stesse i bambini perché il mio amico li fotografi. Il pavimento si apre in crepacci neri, in piccoli precipizi da cui i bambini spuntano come bruchi. Una donna dice che il marito l'aveva bastonata perché s'era lasciata fotografare e «l'avevano messa sui muri», ma non le spiacerebbe ripetere l'esperimento.

Dalla parte opposta dell'anfiteatro si affaccia dal suo buco numerato una vecchia nera vestita di stracci neri, avvolto il capo nel velo nero, le sottane, i grembiali, le calze, le scarpe nere, e al dito un anello nero fatto d'un brandello di straccio arrotolato; e alza le braccia al cielo urlando lamenti, come una folle attrice d'un teatro classico in quella classica diroccata platea. Grida una storia sconnessa della morte d'un suo figlio, all'ospedale, per la polmonite. Dev'essere una scena abituale: nessuno dei vicini di grotta pare commuoversene, anzi le si fanno attorno ridendo e incitandola a continuare il suo lamento. Un vecchio di Belluno vestito di cenci rattoppati la sprona con grida miste di friulano e di sardo, mentre i piccoli bastardi cani sardi abbaiano e si rincorrono sulle gradinate.

Lasciamo questo spettacolo, queste risa e queste grida. Una donna ci segue per chiederci una fotografia. – È qualche mese che siamo qua, – ci dice. – Prima eravamo a Teulada. Partimmo perché là c'era mala gente, c'erano comunisti. Partimmo da Teulada, venimmo qui e ci buttammo nelle grotte –. Mentre saliamo per uscire dall'anfiteatro verso la goffa statua di fra Ignazio da Laconi (un frate tozzo, nano, con una gran barba ricciuta, che sta in alto sul ciglio e mostra la schiena alle rovine), un giovane in maglietta ci corre incontro scendendo rapidissimo, e di colpo scompare in un buco, come un topo.

Il mio amico voleva andare a vedere costumi antichi e gioielli di particolare pregio che gli avevano detto essere presso una signora, ricchissima proprietaria d'un villaggio nei dintorni di Cagliari: uscimmo dalla città.

Le strade nell'immediato sobborgo si fanno cattive, ma le case sono belle nella semplice architettura popolare e nel tenero colore dei mattoni di terra cruda e di paglia o degli intonaci grigi e rosati e giallastri. Sono case basse dalle grandi porte di legno con una specie di sole incoronato di raggi scolpito nel mezzo. Dai portoni semichiusi, s'intravedono al passaggio i giardini interni, circondati di archi come dei *patios* spagnoli, dai muri dipinti, dai fiori ben coltivati. In quei cortili nascosti si svolge una segreta vita familiare piena di pace e di lontananza temporale. È il regno antichissimo delle donne, invincibili matriarche corazzate nei costumi.

Un paese segue all'altro: Pirri, Monserrato, Quartu, Quartuccio, Selargius, prossimi tutti, ma fatti lontani non soltanto dalla strada ineguale ma da un invisibile passaggio nel tempo, mentre il porto di Cagliari e le saline si vedono, voltandoci, a due passi. Gli avvisi elettorali promettono, ad ogni villaggio, discorsi dei piú noti uomini politici del continente. Passiamo tra gli stagni, saliamo una breve erta sotto il nero cielo d'un temporale imminente, nella campagna dai colori inaspettati, con il verde biancastro delle siepi di fichi d'India che limitano le proprietà e il biancheggiare lontano delle rocce e della città e i bianchi monti di sale, come un'Africa immaginaria.

Giungiamo, nel pomeriggio ormai avanzato, sulla piazza del grosso borgo. Una folla allegra di contadini ben vestiti e di donne sta aspettando qui il prossimo comizio d'un celebre oratore liberale. Cerchiamo la casa della signora Efisia, la ricca signora dei gioielli e dei costumi. Dal portone ornato del sole raggiante di legno entriamo in un primo cortile-giardino, nitido, pieno di fiori brillanti e d'alberi d'arancio. Sotto il portico, in fondo, la porta dà su una stanza che ci sembra quella della portineria d'una casa signorile. Sull'uscio sta seduta una vecchia in costume, nel costume modesto da lavoro. Il mio amico pensa che sia una custode, le chiede se la signora Efisia è in casa, e, alla risposta affermativa, le consegna la lettera di presentazione di cui era fornito. La vecchia ci fa entrare nella stanza, ci dice di aspettare che venga sua nuora e resta con noi, con la lettera in mano. Soltanto allora comprendiamo che ella stessa è la signora Efisia, la facoltosa padrona di centinaia di ettari di terra tutto attorno al paese e dei piú pregiati e rari costumi della regione; e che essa non sa leggere, e aspetta, per la lettera, i servigi della nuora. Gliela leggo io stesso, e la signora, con diretta e semplice cordialità, ci parla di quelle sue glorie, mentre arrivano la nuora e le serve, ed essa dà ordini a ciascuna come la piú naturale delle castellane. È una vecchia piccola e robusta, con un grande viso tranquillo e remotissimo, modesto ma pieno di una spontanea autorità. Ha molti gioielli, spiega, perché era figlia unica, e anche sua madre era figlia unica, e anche sua nonna, e non ci fu perciò divisione e dispersione dei beni ereditari, ma soltanto aggiunte di altri sempre nuovi. Quando una donna si sposa riceve, se è la primogenita, o la figlia unica, gli ori del costume della madre, almeno un chilogrammo di oro lavorato.

Aspettando i cofanetti delle gioie, ci affacciamo, dall'altra parte della stanza, in un secondo giardino, piú interno e nascosto, grandissimo, tutto piantato a limoni ed aranci. Nell'ombra nera degli agrumi passeggiano le galline, le lenzuola bianche di lino sono stese tra un albero e l'altro, servette dai piedi scalzi, dal viso di capra, dai lucenti occhi neri corrono qua e là portando in braccio bambini. È il luogo tranquillo e imperturbabile del segreto potere femminile. Arrivano le scatole degli ori, povere scatole di latta da biscotti, e dentro ci sono davvero alla rinfusa i pesanti splendori del costume tradizionale, le fibbie, i bottoni, le spille, le collane, gli orecchini, le cinture, le filigrane. Per vederne altri e ammirare i vestiti e i broccati, la signora Efisia vuole premurosa accompagnarci in casa della figlia sposata, a cui ella ha già ceduto i piú belli. Ci lascia per indossare una gonna pieghettata rossa e marrone: usciamo insieme per la strada del paese, nella lunga discesa. La signora Efisia, piccola e grossa, cammina in mezzo a noi: ci accorgiamo che stiamo scortando una regina arcaica attraverso il paese dei suoi sudditi, la vecchia regina d'un villaggio miceneo o d'una piccolissima isoletta greca, che cammina, fiera e benevolente, in mezzo alla strada sconnessa. Dalle porte partono saluti a cui la signora Efisia risponde, i contadini danno la buona sera alla loro signora che incede tra noi con un passo che ha il ritmo e la misura di un altro tempo.

Rientriamo in città mentre si accendono i primi lumi e volano per l'aria le ultime parole dei comizi sulle piazze dei villaggi. La giovane nuora della signora Efisia ci aveva raccontato come si potessero determinare i voti dei servi con la scelta delle preferenze o con il sistema di fargli scrivere un nome di persona non candidata. La giovane diceva che non le pareva giusto, ma che cosí si fa. Pensavamo a Carbonia, dove eravamo stati nei giorni precedenti, a quel fervore di libertà e di affermazione della persona umana, in un luogo astratto e ingrato come una creazione artificiale, dove in pochi anni si è creato, da un gruppo raccogliticcio di braccianti disoccupati e di contadini, uno scelto proletariato industriale moderno, cinquanta secoli dopo il mondo della signora Efisia.

L'indomani partimmo per il nord. Credendo che fosse stato caricato, lasciai a Cagliari, senza accorgermene, tutto il mio bagaglio nell'atrio del piacevole albergo vicino alla stazione (forse distratto dal senso della compresenza dei tempi, o per il desiderio inconsapevole di restare qui, di non andarmene?). L'automobile ci portava veloce attraverso le campagne del Campidano umide della pioggia notturna, sotto un cielo chiaro e grigio di nuvole correnti, per la strada di Carlo Felice. Fermo su un paracarro un gufo, immobile nel chiarore del giorno, ci guardò passare:

quando scendemmo per osservarlo si levò in volo e subito scomparve. E già appariva, su un monticciuolo alla nostra sinistra, il primo nuraghe, il nuraghe Piscu.

Dentro al nuraghe c'è ombra e silenzio, e, naturalmente, senza intervento dell'immaginazione o sforzo della ragione o della fantasia, il senso fisico di essere in un altrove, in una regione ignota, prima dell'infanzia, piena di animali e di selvatica grandezza. Ben protetti da queste mura gigantesche, se ne sentono tuttavia gli indeterminati terrori, e il senso della arcaica crudeltà di quegli uomini arcaici, asserragliati nelle torri, in una natura crudele. La misura stessa delle pietre, quei venti conci aggettanti che chiudono il cerchio del muro, è lontana dalle nostre misure, e gigantesca. E la forma dell'apertura, che non è una porta, né il vano di un ingresso, ma una stretta fessura a un metro dal suolo, che costringe ad entrare strisciando orizzontali, dà l'impressione che in quegli strani edifici, sparsi per i monti di Sardegna a testimoniare la sua piú antica civiltà, non si potesse entrare o uscire che morti.

Stavo sdraiato in terra a contemplare, nel cavo profondissimo silenzio, il cielo rotondo, come dal fondo di un pozzo, dal fondo buio del pozzo della memoria, e le grige nuvole trascinate dal vento. Gli amici erano rimasti fuori. Giovanni, giovane e esperto archeologo, stava studiando i caratteri del nuraghe e tracciando su un foglio di carta la sua pianta e quella delle torri annesse e ormai perdute ma ancora riconoscibili dai basamenti; e Federico, giovane e illustre storico, lo aiutava in questa bisogna. Ma dentro il doppio cerchio di mura non udivo le loro voci, né i loro scherzi archeologici su un famoso studioso ormai morto, che il numismatico re Vittorio Emanuele III accarezzava e seduceva e faceva sedere sulle ginocchia per indurlo a regalargli le monete di scavo destinate ai musei. Non udivo le loro voci né sentivo i loro scherzi, ma a un certo punto vidi comparire, scura sul cielo, al bordo superiore del nuraghe, la figura di Vittoria, con i capelli e le vesti agitati dal vento, che mi salutava ridendo, come un'apparizione anacronistica. Era la fanciullesca e ardita moglie di Federico, che si era arrampicata sull'esterno del nuraghe, e di lassú, felice per il vento e la solitudine, mi gettava allegramente, come per risvegliarmi, i sassolini minuti che raccoglieva per terra. Quel mondo arcaico e crudele non destava nel suo animo alcun senso di terrore, ma invece una gioia infantile di scoperta, di spazi e di misteri svelati.

La stessa cosa, pensavo, era avvenuta il giorno prima, mentre percorrevamo rapidi le lande deserte del Sulcis. A Domus de Maria, un povero villaggio vicino a Capo Spartivento, ci eravamo fermati a guardare le case, capanne di mattoni crudi, di fango e di paglia impastati e seccati al sole. Davanti alle casupole c'erano delle costruzioni rotonde, cupole di terra secca e grezza, alcune delle quali soltanto avevano sulla cima qualche traccia di calce bianca. Erano i forni per fare il pane, piccoli duomi in mezzo alle minuscole case, che per il loro colore, non distinguibile da quello della terra e delle abitazioni, per la loro superficie screpolata, ricordavano fantasticati termitai in un deserto.

– Guarda, sembrano case di formiche, – aveva gridato Vittoria, con una sua entusiastica tenerezza, additando quei forni primitivi. Ma un contadino, dall'interno della sua casa, l'aveva sentita, se ne era offeso, ed era uscito sull'uscio guardandoci con occhi poco amichevoli, poiché non amava, e giustamente, essere guardato e giudicato dagli occhi degli estranei. Ci volle una larga parlata, in sardo, di Giovanni per rabbonirlo: allora ci aperse la porta e ci mostrò la povera stanza in cui viveva, col pavimento di terra, e gli sterpi per il fuoco e gli animali e la paglia, e gli arnesi antichi del lavoro e della vita quotidiana. In un angolo, uno strano congegno di pietra: una macina per il grano, di una foggia mai vista, rimasta forse intatta nella sua forma attraverso migliaia di anni.

Eravamo partiti la mattina presto da Cagliari, lungo la strada fra le saline e il mare, e subito, dopo pochi chilometri di pianura, dopo il primo nuraghe, che anche qui, sulla destra, sembra indichi una frontiera temporale, la campagna si stendeva insolita, nel dominante apparire continuo di un rosso di terra o di fiori, tra i verdi biancastri e polverosi dell'erba e delle foglie, tra le siepi fiere dei fichi d'India bianco-azzurri e le distese delle rosse euforbie, tra picchi e montagnole coperti di rocce bizzarre e di bizzarra vegetazione, come illusori paesaggi di Bosch, dove in ogni pietra si annida un mostricciattolo e in ogni albero un demonio di metamorfosi.

Qui vivono a milioni gli uccelli, le grive di Capoterra, che sono vendute in mazzi di otto: i *pillonis de taccula*. Tra questi monticciuoli si trova il primo paese, le prime case di mattoni crudi e di paglia: è Sarrock, sul cui povero mercato le donne si affollano intorno all'unica cesta di sardine. Si entra poi in terre piú larghe, sempre piú deserte di uomini. Soltanto si incrocia qualche carro trascinato lentamente dai buoi, *su carru a boi*, cosí diversi dai carri siciliani, veloci, dipinti, colorati, scintillanti nella eterna mobile corsa sotto il sole. Si incontra, o si vede di lontano sui pendii, un gregge delle piccole pecore sarde, dal pelo liscio come quelle delle capre: mille piedi in movimento, striscianti come una bestia sola, come un informe animale primitivo che si allarghi sulla terra.

Prima di Pula si attraversa un ponte: sul greto deserto sta un gregge bianco e si confonde bianco con le bianche pietre. Piú avanti, arriviamo alla chiesetta di Sant'Efisio: il nostro autista, Gonario, un giovanotto cagliaritano dal viso rotondo, mi mostra, con devozione, una pietra, che è quella sulla quale questo illustre santo venne decapitato. Fin qui arrivano in processione, a cavallo, il primo maggio, portando le reliquie del santo, i fedeli, i miliziani vestiti di rosso, e l'*alternos* che rappresentava il Vicerè, dopo la grande festa di Cagliari. Su un promontorio si levano le due torri antisaracene di Sant'Efisio e di San Macario. Il mare trasparente tocca quasi la strada, il sole altissimo arde il silenzio della campagna e la gialla paglia seccata sui campi. Vicino al mare, una specie di palco di legno e un casotto con un cartello: TOILETTE, SIGNORI, SIGNORE, sono i residui di un teatro all'aperto rizzato per lo spettacolo di un dramma sacro in occasione della festa di Sant'Efisio. Qui vediamo operai affaccendarsi coi badili e trascinare carriole, come in un cantiere. Sulla destra, un teatro romano viene liberato dalla terra che lo copriva, e sopra di esso i resti di un tempio cartaginese della dea Tanit.

Ci fermiamo a guardare gli scavatori. La terra è cosparsa di frammenti di vasi antichi, in questi campi che sono gli avanzi di Nora, la cosiddetta città madre dei sardi, che si favoleggia fondata dal fenicio Norace, figlio di Mercurio, prima del favoloso Sardus Pater che avrebbe dato il nome all'isola di Sardegna. La città è sotterrata sotto questa campagna solitaria, e sotto il mare, ma scrutando tra le onde si vedono, a perdita d'occhio, nella vasta insenatura, le mura preistoriche coperte di alghe. Si lavora a dissotterrare la città: anche questo è un lavoro reso possibile soltanto ora, dopo la grande campagna contro la malaria; soltanto ora gli operai e gli archeologi possono passare la giornata sotto il sole scavando la terra, senza essere falciati dalla perniciosa: e, come altrove, sono ora possibili la bonifica, le coltivazioni, le opere pubbliche e il turismo, sono diventati possibili anche gli scavi e gli studi, e possono tornare alla luce antiche iscrizioni e immagini di antichissimi dei, di Tanit-Astarte, di Adon, di Bes che protegge gli uomini dal morso dei serpenti e le donne dalla verginità involontaria. Lasciamo Nora, i suoi Dei, i suoi ruderi affioranti tra i cardi selvatici e le spine, e saliamo tra le gole della montagna.

Dopo Domus de Maria non si incontrano che forre di animali selvatici e dorsali brulle di monti. Gonario parla di cacce, e dei cani sardi che, egli dice, sono assai meglio dei *pointers*, per quanto siano piccoli e di misero aspetto, perché i *pointers* si stancano presto, mentre il cane sardo corre tutto il giorno e non rifiuta di addentrarsi tra le spine e nelle selve piú intricate, e non teme le fatiche, né le ferite dei cinghiali. Camminiamo da molto tempo senza che un suono si levi dai monti deserti, dai bizzarri profili delle rocce. Gonario mi indica con il dito le montagne e dice: – È una cruda terra, questa –. Ma già siamo giunti al valico; già scendiamo a Teulada, ed entriamo nel Sulcis, tra i *maureddus*, che cosí sono chiamati i suoi abitanti, diversi per aspetto e per costume dagli altri sardi.

A Teulada le donne sono belle e selvatiche, e voltano la schiena, con un rapido giro che fa oscillare le lunghe sottane, appena si accorgono di essere guardate. Sono alte, sottili, coi tratti del volto fini e delicati e grandi occhi neri. Sulla piazza erano raccolte come uno stormo fuggevole di uccelli attorno a un venditore di stracci colorati, che veniva, naturalmente, da Milano, e che sciorinava per terra, al sole, la sua mercanzia rutilante: ma quando ci avvicinammo per osservarle, proprio come uno stormo di uccelli astuti e spaventati, si voltarono tutte assieme dall'altra parte. Al Caffè la macchina modernissima del gioco meccanico del calcio deliziava i ragazzi; una decorazione, dipinta sopra il banco, rappresentava una città, con chiese, torri e grattacieli, fatta tutta di bottiglie.

A Giba ci vengono incontro in bicicletta delle donne in costume; paludate guerriere nella pianura assolata. Grossi corvi neri volano gracchiando per l'aria, cercando forse una preda nascosta nelle stoppie. Attraversiamo oramai la bonifica di Monte Pranu, ancora in gran parte incolta, ma già tutta solcata dai canali di scolo, con la sua diga lontana cui sta a guardia un nuraghe, pronta per i futuri raccolti, dove finora non c'erano che paludi e perfida malaria. In mezzo alla pianura si leva la splendida chiesa pisana duecentesca di Tratalias: un'architetta milanese la sta misurando. Piú avanti, a San Giovanni Suergiu, incontriamo il primo treno, e verso Sant'Antioco i vagoni del carbone di Carbonia.

Montagne di polvere di carbone stanno sui moli di Sant'Antioco. I miei compagni erano ormai affamati, e non ci fermammo a visitare il porto, né la necropoli punica dove vivono i famosi cavernicoli, e dove, si dice, esista endemica la lebbra, questa malattia arcaica dei popoli arcaici. Corremmo invece a cercare un'osteria nella larga e amena strada centrale. Il cortile dell'osteria era trasformato in una grande pedana circolare di cemento per il ballo, con pretese cittadine e notturne. Ai margini della pedana erano addossate gabbie piene di galline. Per entrare nella saletta del ristorante passammo attraverso una porta difesa contro le mosche da lunghi fili di corda adornati di tappi metallici della Coca Cola e delle aranciate. Ci aspettavamo, in quell'isola, dell'ottimo pesce, ma, a quell'ora, non c'era altro da mangiare che olive e formaggio. Con l'intenzione di visitare le miniere, lasciammo Sant'Antioco e corremmo a Carbonia.

Carbonia è un'isola di terra dentro l'isola di Sardegna, un inserto moderno in quelle rituali immutabili pergamene; con tutti i drammi, le tragedie, le assurdità, gli orrori, le battaglie, i dolori, le contraddizioni dell'oggi, e anche con il suo coraggio, la sua fiducia, e le virtú di una volontà collettiva e creatrice.

Dopo aver corso per chilometri a perdita di vista nella piana senz'alberi e senza persone, si entra, a un tratto, in una città artificiale, come nata da una mente astratta, disumana e pretenziosa. Case tutte dello stesso stile, squallide di mancanza di fantasia, dalle gerarchie predeterminate e imposte da una ambizione pianificatrice e paterna, ignorante e paurosa della libertà: le abitazioni degli operai diverse da quelle degli impiegati minori e da quelle degli impiegati superiori e da quelle dei dirigenti: tutte attorno a una piazza littoria; un misto di falsi ideali romani e di città della Prateria e della Frontiera. Con la sommarietà del villaggio improvvisato dei pionieri e la tetraggine delle opere di un regime miseramente imperiale, le facciate di pietra e le strade sporche, che il Comune, poverissimo, non può materialmente tenere in ordine, e il mercato di baracche nel vento polveroso, come in un villaggio africano, Carbonia è la seconda città di Sardegna per numero di abitanti. I suoi problemi, e i caratteri, i sentimenti, il linguaggio, la cultura, sono diversi da quelli di ogni altra parte della regione, problemi tutti attuali di tecnica, di produzione, di adattamento, di lotte sociali. È il virile inferno di uomini piovuti da ogni parte d'Italia, siciliani, veneti, romagnoli, toscani, mandati qui senza preparazione, quindici anni fa, nel 1939, quando queste lande erano ancora un assoluto deserto; e tuttavia in questi quindici anni e da questa massa casuale e raccogliticcia e in gran parte male scelta, si è venuto formando una città, un popolo, un proletariato, che parla tutti i dialetti d'Italia (solo il 20 per cento degli abitanti di Carbonia è sardo), che vive di privazioni, che spesso non ha da mangiare, ma che ha già come valore comune una propria tradizione recente, e la tenacia e la speranza.

Le storie individuali degli abitanti di Carbonia sono ciascuna un romanzo di povera vita moderna, in un luogo chiuso e isolato al di là di ogni sforzo di fantasia. C'è chi è naufragato qui e non trova piú, da anni, il modo o il danaro per fuggire, chi vi è piombato per il miraggio di una impossibile fortuna, chi accetta con fierezza il duro lavoro della miniera e chi agisce per migliorarlo. Certo, i discorsi che vi senti sono tutti appassionati, pieni di totale partecipazione, sono tutti volontà rivolta al presente: è l'altra faccia della Sardegna, totalmente ignara di pastori e di nuraghi, con un tempo che si conta a giorni e a ore e non a millenni. Punti di vista opposti vi si affrontano, da quelli di chi nega radicalmente il valore degli impianti e la qualità del minerale, all'appassionato elogio del carbone di Carbonia e delle sue possibilità future che mi fece il direttore della miniera, con la commozione del tecnico, il piú sentimentale e toccante fra tutti gli affetti contemporanei. Tutti ti parlano dell'organizzazione industriale e della pianificazione, della necessità dei grandi impianti termoelettrici e della utilizzazione dei sottoprodotti per la bonifica agraria del resto dell'isola. Le donne piú modeste conoscono questi problemi e ne parlano come di cose da cui dipende la propria vita, che oggi è ben dura e difficile, con la scarsa occupazione, gli scarsi stipendi, gli anni di crisi passati, l'incertezza del futuro.

Ho visto le risposte delle donne a un questionario sullo stato dei loro bambini: «Dove dormono? – Quanti pasti fanno al giorno? – Che cosa mangiano di solito?»

Dormono in genere tutti in un letto, con o senza lenzuola, mangiano, i piú, un solo pasto al giorno. E che cosa mangiano? Pane asciutto, pane e minestra. Qualcuna risponde genericamente: «Quello che costa meno – quello che mangiano i poveri – ogni cosa di quello che può nutrire un povero – quel che capita: minestra o pane asciutto – quello che è possibile in qualità di poveri». Annita Paddeu risponde che i suoi figli mangiano: «quello che meno costa: patate e altre fesserie».

Carbonia, questo ghetto minerale, è senza radici, senza passato: una vita di oggi, una lotta di oggi. Un mercante siciliano, sulla piazza, mi dice: – Viviamo di carbone, moriamo di carbone.

Grandi montagne di detriti fumanti chiudono l'orizzonte delle miniere. Sono le colline delle «discariche», che fanno piú astratto l'astratto paesaggio. Le miniere sono difese gelosamente dagli occhi degli estranei: non ci è consentito di scendervi, ma soltanto di visitare gli impianti esterni della cernita del minerale. Ci rassegnamo a tornare sulla piazza. È l'ultima settimana prima delle elezioni; l'ex federale fascista di Nuoro sta arringando una folla ostile e silenziosa. Parla, con la vecchia oratoria, del sangue dei caduti di tutte le guerre, delle glorie militari, dei sacri confini della patria. Lo ascoltano stupefatte contadine, e i minatori e le donne coi bambini che mangiano «patate e altre fesserie».

Sta calando la sera: fuggiamo verso Iglesias. Traversiamo Gonnesa senza fermarci.

– È un paese di prepotenti, – mi sussurra Gonario, che, me ne accorgo soltanto ora, ha passato la giornata buttando manifesti monarchici dallo sportello dell'automobile in tutti i paesi che abbiamo visitato. A Monteponi è quasi notte, la valle stretta è piena di un rumore notturno di macchine, ripercosso dalle pareti dei monti; il cielo è sparso dei fumi che salgono dalle miniere, dalle rosse montagne di detriti, fino al brillare dei lumi lontani di San Giovanni, quando riempiono le strade, tornando dal lavoro, verso Iglesias, stormi di operai in bicicletta.

Tutto mi sembra vero, in un mondo vero, dopo la feroce astrattezza di Carbonia; e anche questo paesaggio minerario e industriale sembra, in confronto a quell'altro, un pezzo armonico e poetico di natura. Forse perché una piú antica storia di lavoro umano è condensata e compresa in queste miniere, che furono già cartaginesi e romane e pisane, abbandonate e riaperte tante volte, ricchissime di vicende come quella dell'ingegnere Keller, un ungherese, che, quando furono riattivate, dopo il 1848, vi fece venire dodici minatori della Stiria, di cui undici morirono in pochi mesi di malaria, e il dodicesimo saltò in aria perché, in mancanza di polveriera, teneva sotto il letto il barile delle polveri.

Iglesias è limpida e netta. Sulla piazza in pendenza, davanti alla chiesa, i ragazzi giocano a scivolare sul pavimento. Dal balcone di un'altra piazza, in faccia alla grande insegna di un tabaccaio, in bei caratteri ottocenteschi: CARTA BOLLATA — MARCHE DA BOLLO — CAMBIALI, l'ultimo oratore della campagna elettorale sparge le ultime parole a una folla attenta.

Ma è ormai tardi e ci affrettiamo verso Cagliari, lasciando a destra, dietro di noi, nella notte, il castello del conte Ugolino.

Vittoria, dal bordo del nuraghe, mi buttava sassolini. Strisciando come un rettile venni fuori dalla fessura, al sole e al vento, e, con i miei compagni, rimontai in automobile, verso il Gennargentu, le solitudini coperte di asfodeli della montagna, e Aritzo e Tonara e Nuoro, verso la misteriosa Sardegna di Orgosolo, di Oliena, di Orune, dei paesi dei pastori, che mi parevano ancora avvolti in un'ombra lontanissima.

Una piccola, gentile cornacchia sta appollaiata, grigia e azzurra, in cima a uno steccato che manda la sua ombra sulla neve brillante nel sole, in un quadro di Monet, che è come un blasone della terra di Francia e dell'amore per le cose e per la giovinezza. Tanti quadri ne sono derivati, con le ombre azzurre e la luce e le lontananze atmosferiche, sempre piú obbiettivi e veristici, tanti da generare la noia. Ma in queste prime nevi, per la prima volta inventate, splende il piacere di una felicità giovanile senza limiti, il senso del momento eterno e immediato, dove la vita si celebra nell'oggetto e la realtà non si distingue dall'ideale. La grande pianura di Francia si stende coperta di neve, e pare di vederla tutta in quella breve distesa di colore, come nelle antiche canzoni dei ribaldi:

> Du haut de ma potence
> j'ai regardé la France.

E il selvatico, grazioso uccello sta lí, con il suo colore squillante nel bianco, nel centro del quadro, nel centro della Francia.

Anch'io ho una cornacchia, vera e viva, ma la mia non è, come quella, una *corneille*, una cornacchia francese consacrata nell'arte come tutte le cose di Francia; è invece una *carroga*, una cornacchia di Sardegna, un animale nuragico e arcaico. Il suo nome è Orune, perché la presi nel paese di Orune, nella Barbagia, paese di pastori e di poeti popolari. Qui il pastore solitario in mezzo ai sughereti si ode di lontano cantare, mentre lavora ai formaggi, i classici versi di *sa mundana cumedia*, del processo contro Dio, e nelle «cucine vecchie», nelle capanne, nelle case, uomini e donne stanno radunati le lunghe sere, a raccontare e a gridare lamenti di morte, madrigali di vendetta eroica, barbara poesia.

Un bambino mi portò Orune, la cornacchia, e una sua sorella, come lei appena nata, che chiamai Oliena dal nome di un altro paese là in faccia, sul monte. Le misi in una scatola di cartone con due buchi da cui sporgevano le piccole teste nere, e le portai con me nell'aeroplano che tornava sul Continente. Orune e Oliena si parlavano continuamente. «Cra», diceva Orune, «cra, cra», rispondeva Oliena. L'aeroplano era pieno di propagandisti che tornavano a Roma dalle loro fatiche per le elezioni sarde, e tutti, dopo i mille discorsi di quei giorni, ascoltavano stupiti i discorsi dei due uccelli.

Nel mio studio di Palazzo Altieri (che, ahimè, ho dovuto abbandonare) Orune e Oliena, nate sotto tutt'altri cieli e in un mondo assai piú antico, parvero dapprincipio trovarsi benissimo. «Cra, cra, cra», dicevano tutto il giorno l'una all'altra. Ma una mattina trovai Oliena morta e Orune moribonda, con gli occhi spenti, con le ali abbassate, barcollante e come paralizzata.

Pensai allora che forse mi ero sbagliato nel nutrirle, perché, vedendole cosí piccole e infantili, le avevo tenute a pane e latte; e intuii che il solo modo di salvare quella che era ancora viva era di darle il suo giusto cibo: la carne. Non ne avevo in casa, e corsi a cercarne da un norcino che stava sotto casa mia. Era un uomo piccolo, tondo, nero e unto, con un grembiale sporco, pieno di ditate di grasso, e dei baffetti neri sulle labbra carnose: simile, come avviene spesso, all'oggetto del suo lavoro, a un maiale. Lo interpellai sulla questione che mi stava a cuore, e il norcino mi confermò che la ragione della malattia e della morte della cornacchia era proprio il nutrimento, e che soltanto la carne la poteva salvare. – Le cornacchie, – mi disse, – sono animali intelligentissimi, capiscono tutto. A Norcia, quando ero bambino, ne avevamo una in casa nostra. Era, come tutte le cornacchie, una terribile ladra. Questi uccelli amano nascondere le cose, per un loro istinto, scavare dei buchi e metterci la roba. Soprattutto le cose lucenti. In casa scomparivano le posate, e la mia mamma diceva che ero io che le rubavo per scambiarle coi compagni di gioco, e mi picchiava. Nessuno, neanche io, sospettava della cornacchia. Ma un giorno, che ero solo in casa, e che c'era una moneta da mezza lira sulla tavola di cucina, ecco che io vidi la cornacchia entrare dalla finestra e svelta impadronirsi, col becco, della moneta, e volare via. Quando rientrò, mia madre non credette al mio racconto, e si rimise a picchiarmi come se io avessi rubato la moneta. Me ne stavo cosí sconsolato e piangente, seduto sullo scalino della soglia, quando la cornacchia mi si avvicinò saltellando. Fui preso da una grande ira. «Brutta vigliacca ladra!», gridai, «la mamma mi picchia per causa tua», e le diedi un calcio. La cornacchia volò via, e di lí a poco tornò con la moneta, e la riposò sul tavolo, dove l'aveva presa; e rivolò via, e ritornò con un cucchiaino, e poi con una forchetta, e, via via, riportò al loro posto tutte le posate rubate. Queste bestie capiscono tutto.

Quando arrivai a casa, Orune pareva agli estremi. Le infilai in gola un poco di carne tritata: i suoi occhi tornarono ad aprirsi, ed in breve fu salva, e guarí. È diventata uno splendido uccello grigio e nero, dal lungo becco nero, dagli occhi nerissimi e selvatici, assai simile nell'aspetto e nel carattere a una selvatica donna di Sardegna. Piena di riserbo e di dignità, ma non priva di un suo affetto fedele, chiusa nelle sue penne, come sotto i veli neri del costume, battagliera se pensa di essere offesa, gentile nel saluto roco e amoroso all'amico che si avvicina. Sta libera nella mia casa, ma non fugge: abituata al suo terrazzino dove prende i suoi «amati bagni» e si assottiglia e si fa linda. Mi occupo troppo poco di lei per averle insegnato a parlare, come dicono che queste bestie possono imparare, e forse per questo mi guarda di traverso con il suo occhietto nero, con un'aria maliziosa di superiorità, come se io avessi appreso da lei piú di quanto ella da me; e talvolta, col becco, mi tira il risvolto dei pantaloni perché io le presti attenzione e ammiri la sua solitaria indipendenza. Ora ho cambiato casa, sto in un giardino, e Orune è felice delle piante e dei fiori e degli insetti. Dalla finestra vedo gli uccelli che giungono a salutarla con i loro canti variati. Un pettirosso le si avvicina a piccoli balzi successivi passando dall'albero di alloro al nespolo, al bambú, e scendendo poi sul terreno a parlare con quello strano uccello di altri paesi. E

Orune risponde al saluto con la sua voce gentile, che somiglia al roco suono della *lidelba*, l'arcaico scacciapensieri di Sardegna.

La lidelba ha per me il suono della morte, e di un sorriso ultimo nella sua bontà infinita, piú forte di ogni cosa, anche della morte.

Ora, anche Orune (o suono della sarda lidelba!) è scomparsa. È scomparsa, non è piú nel mio giardino, e forse è morta, come una fanciulla uccisa, mentre si affaccia, confidente e velata, alla porta della sua casa. Tutti amavano, tutti gli animali, e quasi tutte le persone, questa ardita e segreta donna-uccello di Sardegna. Orune, tra gli alberi e i fiori, gorgheggiava con il fringuello e l'usignolo, fischiava con il merlo, cantava con ogni sorta di pennuti con la sua grossa voce comica e commovente; ed era felice del sole del mattino. Ma un giorno sparí. Erano stati visti, pare, nel parco, dei cani sconosciuti, dei gatti selvaggi, dei vecchi malati, dei bambini feroci: non fu trovata né una penna né un segno. Forse è morta, ma io amo credere piuttosto, contro ogni verosimiglianza, che sia volata via, che abbia rifatto, dopo tre anni, fatta adulta, il suo volo infantile in aeroplano, sopra il mare, fino all'isola dei sardi, alle rocce di granito, ai prati di asfodeli, alle querce contorte che sorgono solitarie sui campi deserti.

Là io ritorno, con lei, nella memoria, a Orune battuta dal vento, patria di pastori e di poeti. C'ero arrivato una sera, dopo aver traversato tutta la Sardegna.

È un lungo percorso solitario, dove, per chi lascia Cagliari, i suoi alberghi, il suo Museo, la sua Università, bastano pochi minuti per un viaggio di decine di secoli, e ogni breve tragitto è dunque, nel tempo, lunghissimo. Era un giorno festivo, il giorno dell'Ascensione, e il Campidano era vuoto di contadini. Forse fino a Monastir («Una lontana zona Monastir» mi veniva in mente con le sue risonanze, quel verso di Rocco Scotellaro, piccola, rossa libertà contadina) non vedemmo sulla terra altri uomini che due proprietari che pareva misurassero un loro campo. Dopo il primo nuraghe, il nuraghe Piscu dove ci eravamo fermati, con gli amici, in diversi pensieri e sentimenti occupati, dopo i primi muretti di pietra a dividere all'infinito le pietre, la strada sale, a poco a poco, verso i monti del Gennargentu.

I gufi stanno immobili sui paracarri, con gli occhi sbarrati nel sole, e fuggono con volo incerto al nostro appressarsi. Lasciando indietro Mandas e le sue capre, e Isili dove una donna incinta stava solenne all'ingresso del paese, e i contadini si affollavano davanti alla chiesa dipinta, e Nurallao, e Laconi, e Funtanamela, soli nel grande spazio della montagna, e, qua e là, qualche uomo che pareva enorme a cavallo di un asinello piccolissimo, e le greggi di pecore che meriggiavano sotto le querce tra le rocce, sull'erbe, sulle prode di gigli silvestri su cui volavano le api, eravamo arrivati a Aritzo, quella che il poeta Peppino Mereu di Tonara ha chiamato *zittadedda geniale*.

> Post'in alt' a sa tua capitale
> dispensera de abbas cristallinas,
> poetica, gentile, industriale,
> terza de sas alturas montaninas.

Dal Gennargentu scendeva la nebbia e un pulviscolo d'acqua. La gente era chiusa nelle case e nelle osterie. Un banditore, con la sua tromba, passava per le strade e gridava: — *I curtae su bandu: a cuminzare dae grasa tottus is proprietarios de bestiamene depent denunziare su prodotto nou por sa malcadura* —. («Ascoltate il bando: a cominciare da domani tutti i proprietari di bestiame devono denunciare il nuovo prodotto per la marchiatura»).

Vecchi in costume stanno in una camera a pianterreno davanti al vino. Solenni saggi di una civiltà vetusta, agli abiti, agli atti, ai visi gravi e intensi, si occupano con arguzia delle cose di oggi. Ci sono le elezioni fra poco, le amministrative. — Niente politica, — dicono, — la nostra politica è il bicchiere —. Amano lo scherzo, e hanno fatto una lista per ischerzo col simbolo di «fiasco e bicchiere», per togliere i voti agli altri. — Siamo dodici, — dicono, — dodici come gli apostoli che Gesú Cristo ha nel cielo. — E il tredicesimo, non c'è il tredicesimo? — Ridono, impenetrabili, tutti insieme.

Attraverso Belví, con branchi di maiali magri in corsa, ragazze in costume, e, qua e là, *sos castangeris*, quelli che vanno in giro per l'isola a vendere castagne, mestoli e taglieri di legno: *palas de cocchere, turrudas* e *tazzeris*, eravamo giunti a Tonara, e ci eravamo fermati, perché i miei compagni cercavano, per acquistarne, tappeti e tessuti rinomati di qui. Ma le donne, maestre e padrone di quest'arte, non erano nelle case, erano tutte in chiesa, aspettando il vescovo che teneva un discorso in occasione delle elezioni; e gli uomini, che a differenza delle loro mogli, madri e figlie, erano tutti dei partiti di sinistra, non potevano mostrarci, in loro assenza, i tappeti, e ci dicevano di aspettare.

– Le donne sono come le pecore, – dicevano, – il loro pastore è il prete. Sono andate a farsi insegnare come devono votare per non andare all'inferno, – e ridevano, coi denti bianchissimi.

Quando tornarono le donne e mostrarono i loro capolavori minuziosi, sembravano davvero uccelli, pecore e regine. Dell'inferno, ridono, e realmente non ci credono, ma credono al pastore e all'uso, mansueto e fiero, dell'obbedienza.

Ma dov'è quel mondo idoleggiato e sessuale di cui parla Lawrence, che ha percorso questa stessa strada? E l'oste del «Risveglio» di Sorgono, qui vicino? Sulla piazza, i giovani del Centro di cultura popolare chiedono autografi.

Volevo telefonare a Cagliari, per le valige dimenticate. Pioveva, si aspettò a lungo in una stanzetta la comunicazione, conversando con qualcuno che trovammo là; si parlò di una ricca proprietaria che faceva tagliare i boschi perché espropriata per la legge stralcio, spogliando il paese del suo bene maggiore; delle proposte fatte a questo proposito da un commissario, senza nessun risultato; e di qui subito il discorso passò a certi familiari della proprietaria uccisi dai briganti poco prima, e naturalmente ai briganti della zona, di tutti i tempi, da Bachisio Falcone di Fonni, a «Torra a Corte» che un proprietario proteggeva e consegnò ai carabinieri per farlo vedere al re Umberto, da Stocchino a Onorato Succu, dai Pintore di Bitti, fucilati dal questore Polito, a Congiu di Bono che mescolava i pezzi dei morti con la carne di bue. Scendevano le ombre della sera, e ripartimmo per quelle strade desolate, nell'ombra di questi nomi; e, attraverso Tiana e Ovodda, e Gavoi, dove ci fermammo ancora in un'osteria, e Sarule e Orani e Oniferi, arrivammo, che era notte fonda, a Nuoro e all'albergo.

Era un vecchio albergo della vecchia cittadetta buia, cosí buia e deserta per l'ora che non vedemmo che lo specchio dei rari fanali sui selciati. Dall'atrio imbiancato saliva alle stanze del primo piano una doppia rampa di scale: le camere erano nude e fredde dietro le grandi porte bianche dalle antiquate maniglie. Alla cassa dell'ingresso sedeva una donna a chiederci le carte. Bruna, con una certa bellezza negli occhi evasivi, toscana nell'accento, aveva qualche cosa di strano nei modi che ci incuriosiva. Alle nostre domande rispose soltanto che non era sarda e non conosceva Nuoro: era qui da poco col marito. L'uomo, che si aggirava nella penombra contro il muro, alto, biondo, con un viso sfuggente e clandestino, era un tedesco. Quella coppia ci pareva, chissà perché, celasse un segreto, e fosse, in qualche modo, fuori posto: immaginavamo fossero capitati qui per qualche vicenda misteriosa, fuggiti forse dal Continente per un motivo politico, subito dopo la guerra. L'oscurità, il paese ignoto, i muri gelidi, quell'albergo squallido, ci facevano parer vere queste fantasie senza ragione.

Le strade nitide e vuote della cittadina piccolo-borghese aspettano il passeggio, ricordo quotidiano dei lontani carnevali, tra le basse case linde che sembrano sigillate, nascondiglio di cuori chiusi, di passioni nascoste nelle regole, di lavori donneschi nei cortili interni, con gli antichi strumenti. Ma gli amici ci accolgono ospitali nei loro salotti, nei loro studi illustri di avvocati difensori di briganti. Ci portano nei dintorni, alle alte vedute spazianti del Monte Ortobene, o per le campagne solitarie, fino a Dorgali, a affacciarci sul mare, improvviso e meraviglioso di luce e di azzurro dopo il grigio delle pietre, a Cala Gonone, famosa per le sue grotte del bue marino e per le foche dal viso materno; e poi, per le terre delle Baronie, fino a Orosei; e di nuovo verso Nuoro, nelle distese divise da infiniti muretti di pietra. Questi muri furono la fine della antica civiltà sarda, l'offesa e la rottura del mondo pastorale, dove la terra era di tutti: un luogo da percorrere. Con la legge delle chiudende entra un mondo estraneo, e la doppiezza dei sentimenti. Appoggiati a uno di quei muri di pietre bianche, ci fermiamo a parlare con un vecchio che porta a tracolla un fascio di vimini verdi. In poche parole racconta intera una storia: – Chiudende, muretti, siepe viva, siepe morta, pietre per tenere dai venti: poi il tempo passa, si fanno varchi, passano le greggi: omicidio.

Era notte, l'indomani, quando giungemmo a Orune, dopo un altro giorno di viaggio, attraverso Mamoiada, con i suoi cortili, le sue belle case antiche, i *mamutones*, rituali maschere di legno mostruose, e le scritte minacciose sui muri: SE IL DOTTORE VA VIA A FLORIS L'AUTOPSIA, dove una questione locale fra un dottore e un segretario prendeva, come cosa naturale, il linguaggio della morte; fino a Orgosolo, dove in quei tempi la morte infieriva, presente dappertutto, come un terrore occulto, un disagio, un sospetto, una paura sparsa nell'aria.

Finita da trent'anni l'antica, famosa *disimistade*, le uccisioni negli ultimi tempi avevano ripreso (e non sono terminate). Molto si è detto e scritto, anche di vero, su quella situazione cosí tremenda e sulla sua storia, sull'oro nascosto di Diego Moro che, come in un racconto mitologico, ne è l'origine reale, sulle condizioni sociali che ne sono la base, sulle vendette, sulla folle e miserevole politica dei governi e delle autorità parteggianti e incapaci, sulle repressioni, sulle illegalità, sui processi del '17, sulla pace fatta allora, e sugli anni e sugli avvenimenti che seguirono.

Ora le morti erano ricominciate, e il paese pareva avvolto in una tenebrosa atmosfera di guerra. Forse, pensavo, parlando a dei vecchi, dai visi di corteccia d'albero, che erano stati in gioventú latitanti, banditi, e signori di greggi, fieri e dignitosi pastori, vicino ai focolari dove ogni gesto pareva espressivo e gigantesco come un muto teatro preistorico, forse un tempo remoto e presente, un remoto divieto, un'arcaica religione ristagna come un lago sotterraneo sotto gli aspetti quotidiani della vita di oggi; una ignota proibizione, un tabú sacro la cui violazione si paga con la morte. Uno Stato del tutto estraneo, accampato come un esercito di conquista (come quello dei Piemontesi a cui, secondo la poesia, il sardo

> O plebei e cavalieri
> si deviat umiliare,)

non può intendere quell'altro mondo, la sua religione arcaica e la sua arcaica giustizia.

Neppure la maga famosa che salii a visitare mi illuminò su questi arcani. Bella, grande, bonaria, questa madre di tredici figli mi disse soltanto che da anni non aveva piú «la malattia» (l'uso dell'arte magica). I carabinieri passano in gruppo per le strade, come isolati da un'aria che li chiude senza contatti; e le rocce bianche e desolate del Sopramonte sembrano un enorme scheletro asciugato al sole.

Gaia, allegra e mite, sorridente e luminosa pare Oliena, là in faccia, al confronto, dove gli occhi sono privi di terrore e sembrano aprirsi confidenti, e le case ospitali, e le donne gentili e senza sospetto, e si prepara una festa, e si sentono musiche nei cortili, e si attende il comizio come uno spettacolo. Ma noi tornavamo verso il nord, ripassavamo, senza fermarci, a Nuoro, e continuavamo per la strada solitaria, fino a Orune, dove ci colse la notte e il freddo vento della montagna.

È un paese antico e chiuso, dove permangono, forse piú che in ogni altro, gli usi, le abitudini, i costumi, le tradizioni popolari piú lontane, e l'intelligenza e il valore di una vita tanto piú energica quanto piú limitata, piena di capacità espressiva, di potenza individuale e di solitudine. Il vento soffiava nelle stradette vuote, i monti curvavano i dorsi neri sotto il cielo notturno. Dal municipio uscí una donna dai capelli grigi, avvolta in uno scialle da contadina: era il sindaco di Orune.

La giovane maestra che ci aspettava ci condusse da chi mi doveva ospitare per la notte, un muratore che mi aveva preparato una bella camera in una casa nuova dove la scala per salirvi era ancora in costruzione: si entrava dalla finestra, con una scala a pioli. E subito, girato qua e là per il paese oscuro, fui condotto a una capanna conica, una di quelle che qui si chiamano «cucine vecchie». Una grande stanza circolare senza apertura né camino, selciata di pietra, nel cui centro si accende un fuoco. Sul fuoco di legna si mettono i pezzi di carne ad arrostire, un fumo acre, pungente e profumato riempie la stanza, fa bruciare gli occhi e vela le nere travature del soffitto incrostato di nerofumo secolare. Tutto attorno sono alle pareti panche e sgabelli, e a poco a poco la cucina si riempie di popolani e di pastori. Uomini, donne e ragazzi, vecchi e giovani giungono, e comincia la serata di racconti, di canti e di poesie.

Orune, nei detti degli abitanti degli altri paesi, ha una fama (non so quanto giustificata) di essere il primo paese dei ladri di bestiame, ma insieme ha una fama piú gloriosa, e questa certamente reale, di essere paese di poeti. Anche a Roma avevo visto, un giorno, nella casa di un amico, riunirsi le ragazze di Orune che vengono a servizio nel Continente, a cantare le loro poesie, una messe illimitata, piena di infinite variazioni sui motivi popolari dell'amore e della morte. Cosí quelle ragazze passavano la domenica nella città, ritornando insieme nelle loro «cucine vecchie», come uccelli selvaggi radunati nel bosco per cantare, rassettate le penne, aperti insieme i becchi robusti e sottili, quasi potessero da un momento all'altro, come uno stormo, fuggire dalla finestra.

Qui, nella loro terra, erano tutti poeti, ma la prima parte la teneva, questa sera, una vecchia, che, mentre la carne rosolava, andava recitando. Era ogni sorta di poesia popolare, antica e tradizionale, e nuova e improvvisata: c'erano i *muttos*, i femminili, malinconici canti d'amore, dalla costruzione chiusa su se stessa e complicata, dove, a un inizio o enunciazione di tre versi, e talvolta di due o di quattro o di otto, seguono le strofe della *torrada*, che torna su se stessa con tante strofe quanti sono i versi della *isteria*, con rime, e costruzioni rovesciate a specchio, insieme spontanee e ricercate, con immagini e parole impreviste, dove la semplicità popolare si accompagna a una finezza da antico madrigale. C'erano lunghi racconti di processi, di vendette, di uccisioni, contese di amori, contese familiari, e, soprattutto, canti per i morti, per i morti ammazzati, torri crollate, muri diroccati, aquile cadute, che chiedono ai vivi vendetta. Sono gli *attitidos* o *attittos*, sul cui nome molto hanno discusso i filologi, ma che pare voglia dire, come dice il suono, il canto che attizza, che accende alla vendetta. Ciascuno di essi è una storia, di un fatto particolare: ma tutti sono immersi nella stessa situazione esistenziale, e riportano ad essa; e la ricreano, come un valore comune e collettivo. Nelle immagini c'è sempre una estrema violenza, ma anche qui chiusa in una forma armonica e colta di metro e di lingua. Talvolta non manca l'umorismo e l'ironia, come in un *attittu* che la donna cantava sopra un fascista morto in Spagna: «Che bella pilucca | in Spagna distrutta | che bella mascagna | distrutta in Spagna». Talvolta c'è l'invettiva e la disperazione: «Se entrate nell'officina | distruggete tutto | non lasciate neanche un cavicchio | ogni cosa distruggete». O il semplice pianto: «Fatto ti hanno bara | come si usa a Orune | come si usa a Orune | oh ti hanno sotterrato cosí | come da noi si usa».

Ora la vecchia cantava il lamento della moglie di un condannato innocente:

> In sa corte de Arcadu
> su sole est eclissadu
> nessunu si consolet
> pesadu s'è su sole.
>
> E connadu Prededdu
> paris chin Pirianu
> e connadu Prededdu
> de sa manu s'aneddu
> paris chin Pirianu
> s'aneddu de sa manu.

> Hatta l'an sa consulta
> tottu b'at sa zuría
> hatta l'an sa consulta
> de cussenzia brutta
> tottu b'at sa zuría
> brutta de cussenzía.
>
> Battor sun sos fradiles
> sos chi m'an postu in luttu
> battor sun sos fradiles
> distruttu an su cubile
> sos chi m'an postu in luttu
> su cubile an distruttu [1].

E cosí via, coi versi che girano, come nenie e lamenti, su se stessi, in un lungo, monotono ripetersi come di grida e di pianti ininterrotto, senza altro sentimento che questa ripetizione irata e disperata che, a poco a poco, cresce e diventa angosciosa e irresistibile.

Mentre la vecchia cantava, la carne era abbrustolita, e, accoccolati in terra, accanto al fuoco, ne addentavamo dei pezzi saporiti e duri. Vicino a me un giovane pastore mi spiegava le poesie, mi raccontava le storie vere da cui erano nate, mi diceva del paese, dei pastori, dei greggi, dei contadini. Vantava di essere socialista, e di non credere né in Dio, né nei preti, ma solo nelle cose della natura e della realtà (a Orgosolo,

---

[1] «Nel cortile degli Arcadu | il sole si è oscurato | nessuno si consoli | si è levato il sole. || E mio cognato Pietro | insieme a Piriano | e mio cognato Pietro | della mano l'anello | insieme a Piriano | l'anello della mano. || Hanno fatto il consiglio | c'era tutta la giuria | hanno fatto il consiglio | di coscienza sporca | c'era tutta la giuria | di sporca coscienza. || Quattro sono i cugini | che mi hanno messo in lutto | quattro sono i cugini | che mi hanno distrutto l'ovile | che mi hanno messo in lutto | l'ovile hanno distrutto». (*Giovanni discute sulle molte varianti dei primi versi e, contro il parere di tutti, sostiene, forse per discrezione, che* sa corte de Arcadu *possa essere il vecchio nome del tribunale di Nuoro*).

il giorno prima, un vecchio contadino mi aveva recitato una poesia in ottave dove si dimostrava l'inesistenza di Dio). Anche alla magia affermava di non credere, ma bisogna riconoscere, soggiungeva, che avvengono fatti veri di magia, ci sono parole, *sos berbos*, quelle di cui aveva scritto nel 1895 Grazia Deledda, in una nota in una rivista scientifica, che servono per distruggere i vermi degli animali e delle ferite, per impedire agli uccelli di posarsi sui campi, per fare abortire le donne o le bestie, per costringere le formiche a restituire il grano al mucchio da cui lo hanno rubato, o per obbligarle a danneggiare il raccolto di una persona nemica; quelle per «legare», per legare gli uccelli da preda perché non rapiscano gli agnelli, per legare la volpe perché non rubi i capretti, per legare il fucile perché non possa sparare. Ci sono soprattutto le parole, *sos berbos*, per fare i legamenti per la prima notte di matrimonio.

I casi, mi diceva il giovane, che pure non credeva alle superstizioni, sono moltissimi: uno finí con un morto. La persona legata, che non riusciva a toccare la sua giovane sposa, andò dallo stregone per farsi liberare, e questi gli disse che occorreva un fucile che avesse ucciso un uomo. Trovato il fucile (la cosa non era poi cosí difficile), non essendo tuttavia liberato, lo sposo esasperato uccise il fattucchiere e poi si uccise attaccando il fuoco alla capanna dove si era rinchiuso.

Altri intervennero raccontando storie di preti che rifiutavano di seppellire i morti, che facevano ogni sorta di ingiustizie, di inganni e di prepotenze, e che cercavano donne per «amorare», e cosí via, rimandandosi dall'uno all'altro i racconti. E qui cominciarono a chiedere a me di raccontare a mia volta la storia della notte di Natale e del simulato miracolo che è scritta nel mio libro *Cristo si è fermato a Eboli*, e che essi (con mio grande stupore) conoscevano a memoria. Me la recitarono essi stessi, ma vollero che la raccontassi anch'io quasi a conferma della verità. Le ore passavano. La vecchia Caterina e gli altri cantavano canzoni dal ritmo sempre piú barbaro e violento. Erano ancora morti e morti e prigionieri e condannati e banditi e processi e ingiustizie. Era ora un contrasto di madre e figlia, dove la figlia malediceva la madre, che voleva veder bruciata, perché aveva voluto bruciarle una lettera.

La madre risponde:

> Pro ite mi ghettas neche
> sa cara ticche seche
> fiza e'coro e'mama
> tiche sechen sa cara.

(Perché mi dài la colpa | che la faccia ti taglino | figlia cuore di mamma | che ti taglino la faccia.)

E la figlia ribatte:

> Mancari chi ti crepes
> a tie sun sas neches
> mancari chi ti rupas
> a tie sun sas crupas.

(Anche se tu crepi | di te sono le colpe | anche se ti squarti | di te sono le colpe.)

Era ormai notte tardissima, saremmo rimasti anche fino al mattino, ma qualche ora dovevamo dormire, il fuoco si era spento, i bicchieri erano vuoti, il fumo stagnava nella «cucina vecchia», e uscimmo insieme nella notte.

L'indomani visitammo insieme il paese e i dintorni, quella terra cosí antica di uomini, che scopre strati archeologici ricchissimi; le piazze, dove i vecchi pastori di novant'anni non hanno mai conosciuto un letto, né mai si sono spogliati per dormire, le strade dove le donne accennano i passi del ballo sardo.

Si avvicinava l'ora della partenza: in un cortile dove, tra bambini e donne sulle soglie, si mostravano, naturali e familiari, due ragazzi mostruosi, dai lunghi corpi sformati e giganteschi e dalle teste microscopiche, mi venne a trovare il piú famoso dei poeti di Orune, Antonio Tola, un uomo tarchiato e robusto, con una grande faccia rotonda, gli occhi storti, la bocca piena di denti. Ci sono, mi disse, due generi di poeti, i poeti *in bonu* e i poeti *in malu*: quelli che cantano le cose buone della vita e dell'amore, e quelli che satireggiano, o cantano della morte. Mi disse una sua ottava, molto letteraria, che celebrava Orune:

> Orune tantos seculos fundadu
> in d'un arta cullina in fazzia e bentu
> de unu puntu e terrenu elevadu
> paret unu secundu Gennargentu
> de gigantescu populu abitadu
> sa cale pro onore e fama as tentu
> ca tenes pro esempio signale
> sa c'a bintu sa gherra mundiale

(e che era quasi una risposta all'epigramma che si tramanda altrove:

> Orune postu in artura
> faghende bista a mare
> Orune postu in artura
> non s'inde potes campare
> si no est a peta e' fura).

Mi recitò moltissime altre sue poesie piú recenti, e molte erano descrizioni e satire di vita locale, come quella sui fratelli Limoni che partono da Sinnai e accumulano milioni, vere anime da inferno, con ruberie smisurate; o quella sui figli di Giuseppe Mula, che vanno fuori del nido e mettono il fuoco all'agro di Macomer, e cosí via.

Al momento di partire arrivò di corsa un bambino che portava nelle mani due piccole cornacchie appena nate, e me le diede. Erano cosí simili a quella terra che, come ho detto, decisi di chiamarle l'una Orune e l'altra Oliena, e, con Orune e Oliena, lasciai i poeti e i pastori, e partii.

La strada verso Nuoro è solitaria e selvaggia. Ci fermammo a un certo punto, sentendo un canto lontano, lungo, monotono, melanconico in quel deserto. Era un pastore, sulla soglia di una sua capanna dal tetto di sughero, che cantava, come sempre, strofe delle piú classiche poesie popolari sarde, il *Processo di Dio*, e la *Mundana Cumedia*. Solo per giorni e per mesi, quel processo contro Dio gli teneva compagnia. Ci offrí del formaggio che egli andava facendo in un suo calderone e mi raccontò che una volta, tanti anni fa, era stato a Torino e aveva dovuto sparare, soldato, sugli operai. Era la settimana rossa del 1917. Raccontava quei fatti con distacco e freddezza; ma oggi, si vedeva, era con quegli operai. Mentre ci allontanavamo riprese il suo canto, che ci seguí giú per la montagna:

> Si vides unu vastu dominariu
> adornadu de bellas persianas
> ortos giardinos e frescas funtanas
> dimannas de chi est? De su vicariu
> su chi non cheret richesas mundanas.

Sull'aeroplano, Orune e Oliena, le due gemelle, nella loro scatola di cartone, si parlavano con voci infantili, mentre volavamo verso i paesi della ricchezza mondana.

A Roma, il giorno dopo, come ho raccontato, Oliena morí. Ma Orune crebbe e divenne un meraviglioso uccello, e imparò il canto, mescolando, come i poeti del suo paese, le forme colte e i metri dei fringuelli e degli usignoli con la sua barbara voce arcaica e violenta.

E ora, d'un tratto è scomparsa, a cercare forse un poeta del suo paese che scriva, con la sua voce, un *attittu* per la sua morte. O forse invece, come ancora spero, è tornata tra i suoi sughereti, nel suo cielo, tra le montagne selvagge, alla sua nuvola.

Sotto quella nuvola mi ero fermato: sotto quella nuvola, che ora guardo, dall'alto del castello, ancora una volta coprire, nera e stracciata dai venti, le creste bizzarre dei monti come un'aureola o un velo sul cuore di una Sardegna di greggi e di granito, ero stato altra volta: e oggi riprendo la stessa strada. Ma dobbiamo ricominciare dal principio e tornare al punto di partenza, a Cagliari: perché sono passati dieci anni. Poiché, come è naturale, la misura interna del tempo è quella della nostra vita, dieci anni ci sembrano un'epoca storica, una parte importante dello svolgersi dell'umanità, e ci aspettiamo di trovare, tornando, un altro mondo, e cose diverse e mutate. Altri aspetti, altri uomini, altre cose, altri alberi nuovamente verdeggianti, e forse anche altre pietre e montagne; cambiamenti piú profondi di quelli che in questi anni abbiamo letto essere avvenuti nell'isola per lavori nuovi e piani e previdenze sociali, e bonifiche, costruzioni di dighe, di stabilimenti industriali, di alberghi; o per le invenzioni e i progetti del turismo. E anche noi siamo cambiati, e anche la stagione è diversa da quell'antica primavera, perché ora è inverno.

Quando l'aeroplano ci lascia sul campo, fra lo stagno di Elmas e il mare, e apriamo gli occhi aspettando di vedere un mondo per noi nuovo, dove forse galleggia ancora qualche frammento perduto di ricordo, e percorriamo veloci la breve strada verso la città e l'albergo di un tempo, che ci era parso meraviglioso ma del cui nome non siamo piú ben certi, ci accorgiamo con una sorta di sgomento di essere scesi improvvisamente in un paese identico di memoria, come se i mutamenti avvenuti fuori di noi e quelli avvenuti in noi avessero avuto una tale concordanza da lasciare immutato il rapporto, e da riproporci le cose cosí come erano, e come probabilmente erano state prima e saranno, in una specie di identità che, come avviene ai nomi, ai pensieri, alle persone viventi, prevale sul tempo, sul suo arricchire ed accrescere, e corrodere e distruggere.

Era notte: il vento, che alzava onde furiose nel mare e che ci aveva portato e trascinato nel volo, soffiava cosí violento e gelido che a stento potevamo reggerci in piedi, protetti dai portici piemontesi della via Roma, vuota lungo il porto, con i suoi caffè nuovi, le edicole dei giornali, i rami degli alberi neri e contorti davanti agli alberi delle navi e al nero del cielo e del mare. Avanti e indietro, sotto i portici, impediti dal vento di salire le strade ripide della città erta; i discorsi nuovi dei nuovi amici sulle cose nuove della Sardegna, e gli aspetti non riconosciuti delle cose conosciute mi riempivano intero il cuore del senso della durata al di sotto dei tempi: della durata, immobile nel suo fluire, e in cui quello che è stato vero una volta permane nella sua verità, come una parola detta, una forma formata, il carattere di una cosa, un segno.

È vero, molte cose non vi sono piú a Cagliari di quelle che vi avevo visto, e molte vi sono che non c'erano. Vi sono interi quartieri nuovi che coprono le campagne di ieri. Non vi sono piú le macerie rimaste dalla guerra e dalle alluvioni, né i miseri abitatori del teatro romano, con il loro furore cieco e sottoproletario. Ma al primo salire verso il centro di questa città di pietra e di vento, nel mattino chiaro, l'immagine era quella di sempre, dove cose riscoperte si incastravano come tessere in un mosaico: la statua di Carlo Felice (che questa volta, anziché un santo o un antico romano, adorato dai pastori per il suo mantello di ermellino o di agnello, mi sembra una donna, e forse lo è), all'inizio della strada che porta il suo nome e che ripercorreremo, nel quadrivio dei venti; i selciati di pietra con le vecchie chiese, le case coloniali piemontesi, e i nuovi grandi magazzini; l'immagine della Vergine con la scritta: IMMACULATA TRIUMPHAT, in faccia al noto albergo «La scala di ferro».

Vi rientro, sotto l'arco col nome in vecchi caratteri, come se dovessi passare per quel pertugio in una *domus de jana*, o chinarmi per penetrare in un chiuso recesso della memoria. L'albergo è sempre là, in fondo al giardino. D. H. Lawrence lo chiama «cortile con alberi». Ma è invece un giardino, asciutto, meridionale, luminoso e schietto nella sua modestia: quell'anticamera di tante abitazioni sarde, che sanno di recinto e di reggia, anche quando sono poco piú che dei tuguri, e che non si affacciano fuori, ma si chiudono nell'orgoglio dell'intimità. Non ci sono piú le maglie gloriose dei giocatori del «Cagliari» appese ad asciugare, e neppure i prosciutti di cinghiale dal piedino nero, e neppure il padrone di un tempo.

Un uomo, dal viso di ragioniere barbarico, sta seduto davanti a un perfetto mobile porta-chiavi, di fianco a una cassetta su cui è scritto, in bodoniani del tempo delle corriere: POSTA IN PARTENZA. E mi dice che l'albergo ormai è venduto all'industriale Marzotto che tra pochi mesi lo demolirà per costruirne un altro moderno e privo di tradizioni letterarie. Dalla porta dove era la cucina del padrone, esce una donna che sembra una monaca; ed io lancio l'ultima occhiata fuggevole attraverso quel moribondo spiraglio. Passando per l'uscio del giardino, tra le sue due sfingi di pietra, rivedo l'altra costruzione che, al tempo di *Sea and Sardinia*, era, forse, quella dei bagni, con la sua bella architettura. Ha la porta sprangata e serrata: un cartello, scritto, penso, da ragazzi, dice: SCALA ROTTA, CHIUSO PER LUTTO. Piú in alto, nel centro della città, il Caffè Genovesi si adorna di riproduzioni di Renoir e di pitture giovanili dell'architetto Gio Ponti. Ma gli scaffali e gli stigli sono quelli del tempo della sua fondazione, e una intera parete è coperta da un grande specchio su cui sono dipinti i due vecchi del cacao Talmone, che versano in eterno, col loro sorriso melenso, la cioccolata nelle tazzine, tutto attorno incorniciati da forme floreali, perfette di storicità, della MANIFATTURA BLAFFARO, TORINO: quei due vecchi che rimangono il simbolo dell'impero torinese, prima che cominciasse la prima delle guerre che hanno fatto cadere, in modo cosí tragico, tanti altri imperi.

Giriamo cosí, nelle ore del mattino, in fretta, per la città di Cagliari, soltanto per una rapida corsa, un'occhiata, che ci consenta di richiamare alla memoria, dopo dieci anni, le cose; perché vogliamo ripartire di buon'ora, per attraversare la Sardegna al lume del giorno, in questa stagione dalla notte precoce. E ancora sempre quel senso della durata e della permanenza, quel doppio senso di attualità e di memoria, che mi fa sembrare identiche le cose nuove e diverse, e, insieme, mi dà immagini nuove e diverse delle cose già viste un tempo; e che riportando rapidamente alla coscienza una esperienza già vissuta, brevissima ma intensa, e riemmergendomi intero in essa, rende evidente, in un istante, la compresenza in ciascuno, e la necessità e l'oblio, di diecimila vite, di tutte le esistenze possibili.

Salivamo al Castello, alto sulla città, sopra un giardino pubblico, pieno di attrezzi per i giochi infantili, che mi riusciva nuovo. Entriamo fra le sue mura, in quell'ombroso cortile d'armi, dove è ora la caserma Porcu. Dappertutto le lapidi del regno di Carlo Felice, che costituí, si dice in bel latino, un ospedale militare, arricchendo cosí l'insubordinata colonia; e una lapide a Michele Cervantes, che venne qui, ai tempi di Lepanto, con la flotta spagnola: la vedo, con le sue vele, giú in basso, nel mare arricciato, che il vento oggi solleva, biancheggiante e cupo.

Salendo ancora verso la sommità, ci si trova in uno spazio di ruderi, di rocce bianche affioranti e d'erba, con qualche pianta piegata e contorta dal vento, un improvviso pezzo di campagna solitaria: ma in mezzo si leva, pietoso e diroccato, una sorta di tempietto o di edicola con colonnette, residuo dimenticato e repellente di una retorica mortuaria. Sull'arco della porta di una casetta abbandonata e cadente c'è una piccola statua che il tempo e i bombardamenti hanno reso quasi informe, che potrebbe essere antica o no, ma che conserva, o che ha trovato, un suo ambiguo incanto, per il quale non importa se essa sia una dea, una baccante, o piuttosto un soldato, una specie di Pietro Micca.

Di lassú ci si affaccia su una vista larghissima e vaga di montagne, di nuvole e di nomi. Ecco, riavvicinati alla città che si è estesa, i paesi: Pirri, Monserrato, Quartu, Quartuccio, Selargius, Settimo, Maracalagonis. Piú in qua, la distesa delle saline e del Poetto, e nuove case a riempire la vallata. Sotto, grandi quartieri nuovi di palazzi senza carattere, un paesaggio come quello a cui siamo ormai abituati dappertutto.

Gli amici mi dicono che sono le opere di una società mobiliare composta tutta di nobili, dal presidente ai funzionari, dal cassiere all'usciere: un nuovo Medioevo speculativo, il nuovo feudalismo delle aree edificabili.

Scendiamo da quell'alto luogo battuto dal vento, dalle sue pietre d'ossario, per una corsa al Museo, tra le sue madri arcaiche, come croci, i cani punici che sembrano animali cinesi, e la folla dei bronzetti nuragici, personaggi realistici, con le armi, le aste, gli scudi, gli strumenti, e a tracolla, nel fodero guerriero dei pastori, il coltello, *sa leppa*: i caratteri di una civiltà primitiva e magica, ma stabilita e completa, sviluppata fino all'ironia.

Sotto, nel rione Castello, ritroviamo l'eterna vita dei poveri, nelle stanze affollate, nei cortili di catapecchie. Quindici famiglie in un cortile di antiche stalle: le porte aperte, e, dentro, le donne e i bambini nelle camere tenute pulite; le vecchie intelligenti che spiegano con chiarezza e quasi con orgoglio la loro misera situazione; la bambina deperita che non vuole mangiare; piú in basso, la via Stretta, i vicoli, i bassi senza luce e senz'aria, sotto il livello della strada, con l'acqua che corre sui pavimenti, e il fuoco nel catino di ferro smaltato, e una bambina nel buio che canta con la musica della radio.

Uscendo da quell'oscurità, e affacciandomi sul porto, la luce del mattino è abbagliante; e l'alternarsi delle architetture, il diverso colore delle distanze, il segno agitato e trascorrente del vento sul mare danno un'immagine movimentata di acque e di pietre luccicanti. Alla svolta, nella casa di un poliziotto, si vede, dalla strada, sul tavolo, coperto da una tovaglia a frange, un enorme mazzo di rose finte.

Gli amici mi parlano intanto di quella che è la maggiore questione del giorno, del Piano di Rinascita, che potrebbe volgersi in un modo o nell'altro, a seconda della sua attuazione, che potrebbe paternalisticamente fallire, o ridursi a poca cosa, come i vari enti di riforma, ma che potrebbe invece, se sostenuto dal popolo, condurre a una vera pianificazione dal basso, a una modificazione radicale e positiva della vita dell'isola. In questi giorni, in ogni paese, ci sono assemblee, discussioni; i sindaci devono portare le proposte di tutti i comuni: si tenta, in modo autonomo, da tutte le forze vive e popolari della Sardegna, di cercare il fondo dei problemi, di interessare tutti a questa ricerca.

Dappertutto ho trovato poi di queste riunioni e dibattiti, e a qualcuno di essi ho potuto anche partecipare. Come dieci anni fa, ma con questo nuovo strumento, la Sardegna è mossa tra quello che è sempre stata, e una volontà precisa di mutamento: si direbbe, tra *su connuttu* (il passato, il conosciuto: grido di guerra delle rivolte dei pastori contro una storia borghese, ad essi contraria e negativa) e il tentativo e il bisogno di uno svolgimento storico nuovo e favorevole.

Il mattino avanza, e dobbiamo partire. Corriamo nel povero quartiere di Sant'Avendrace; siamo ormai fuori della città, in aperta campagna. Mi accorgo allora che ho lasciato la valigia all'albergo. Non mi avviene mai, o rarissimamente, di dimenticare cose o oggetti. Ma dieci anni fa, quando ero stato a Cagliari, nello stesso albergo, avevo lasciato, partendo in automobile, la valigia nell'atrio, e avevo dovuto telefonare, per cercarla, da Tonara, e non avevo potuto averla a Nuoro che nei giorni seguenti. Questo avvenimento, cosí minimo e singolare, avrà certo avuto una sua qualche inconscia ragione: volontà di ritornare, o inconsapevole senso della inutilità di un bagaglio incongruo in un paese arcaico, o di maggior sicurezza senza impedimenti; o, piuttosto, volontà di sbarazzarsi dei pregiudizi e delle idee convenzionali di fronte a una realtà che si prevede diversa e unica? Ma la ripetizione dell'avvenimento non poteva non colpirmi, e non mostrarmisi come un simbolo di quel senso della durata immobile, del ripetersi e del permanere della realtà, che mi aveva avvolto finora, fin dal mio arrivo, e della volontà oscura di ritrovare in quella durata un'esperienza già esistita, di ripercorrerla reale nel presente. Questa volta, poiché eravamo ancora vicini, tornai all'albergo e presi la valigia.

Ed eccoci d'un tratto percorrere, nel sole e nel vento, la pianura, le lande e i pascoli invernali del Campidano, coi suoi colori teneri di terra chiara e di verde morto, e le gobbe dei colli che sentono l'Africa vicina, e forse la lontanissima Cina. Ecco, alle porte di Monastir, il primo gregge che riempie la strada, e attraverso cui passiamo, come una barca tra le onde bianche di spuma.

La pianura del Campidano è piena di greggi. Si incontrano sulla strada, si vedono nei pascoli vicini, appaiono lontane come pietre grige, disseminate sull'erba pallida dell'inverno. Sono le greggi che scendono qui a svernare dagli alti pascoli della Barbagia, dalle terre dell'interno, dal Gennargentu, dalla montagna di Oliena, da Orgosolo, su queste terre altrui, per la cui misera erba si svena in affitti il pastore che ha le pecore ma non i pascoli, recinti dai muri di pietre nemiche, dalle «chiudende», dalle siepi di fichi d'India, alti alberi coi tronchi e le pale di spine. I frutti ancora rosseggiavano malgrado la stagione troppo avanzata: ne cogliemmo alcuni al bivio della strada di Mandas, che lasciammo sulla destra per proseguire sulla Carlo Felice.

I paesi si seguono, semplici come greggi di case, con le loro povere storie: Nuraminis, Villagreca, Serrenti, dove le case, anziché di fango intonacato, come altrove, sono, per una cava locale, di granito. In un campo si leva enorme una roccia di forma bizzarra, la prima delle infinite che costelleranno come animali giganteschi le lande del nord. Lasciamo la Carlo Felice, e a destra la strada verso la Trexenta, e Furtei: e da ogni parte le greggi, e Villamar nota per le lunghe lotte dei braccianti, e Villanovafranca: zone sempre piú spopolate per l'emigrazione. Il vento violento va accumulando le nuvole, comincia a cadere la pioggia. A Lasplassas i ruderi di un castello appaiono su un monticciolo conico che sovrasta la pianura: i miei compagni vanno raccontando del Conte Ugolino. Piú avanti comincia il piano della Giara, dove galoppano liberi i cavallini selvatici.

Ed eccoci a Barumini, famoso per i recenti scavi del suo villaggio nuragico *Su Nuraxi*. Il paese pare disabitato: chiuse la chiesa, le ville di nobile architettura, le case. La terra è coperta di un'erba pelosa: un vecchio pastore che passa col gregge e coi cani, solo essere umano in quel deserto, mi dice che la chiamano *chiú chiú*: – La mangiano i maiali. Ne sono matti –. Il nuraghe è poco piú avanti, sulla strada di Tuili, e domina le distese circostanti fino ai ruderi del monte Lasplassas, che sembra rispondergli di lontano come un avamposto abbandonato.

Visto dall'alto, il villaggio, con i resti delle sue mura circolari, le basi delle piú antiche capanne rotonde su cui si possono supporre i tetti conici di tronchi e di frasche, con in mezzo un palo come nelle capanne dei pastori di oggi, *sos pinnetos*, e di quelle piú recenti, dopo la distruzione e la strage cartaginese, simili a quelle assai precedenti di Creta, (sicché Lilliu, l'archeologo che ha scoperto e illustrato *Su Nuraxi*, parla di «natura recessiva dell'ambiente e della cultura sarda») sembra costruito da un grande serpente che abbia lasciato sulla terra, strisciando e dibattendo la coda, la sua impronta.

Andiamo, saltando sulle grandi pietre di quei vicoli preistorici, verso il castello centrale, le quattro torri e le mura che lo circondano. Nel vento, saliamo arrampicandoci fino alla cima altissima di quel torrione, che era forse una reggia. Ci sporgiamo ai terrazzi delle antiche difese, scendiamo nel buio la strettura delle scale a chiocciola nell'interno dei muri giganteschi, dove lo spazio è cosí ridotto e precipitoso che vi si passa a stento, verso il cortile interno, col suo pozzo, con gli stretti vani di abitazione o di guardia, le feritoie chiuse, le volte coniche di pietre aggettanti, il buio di un tempo remoto all'immaginazione.

È un enorme blocco di pietre dentro cui sono lasciati per gli uomini spazi straordinariamente piccoli e tenebrosi, come se quegli antichi re volessero costruirsi, con sforzi immani, un oscuro segreto grembo materno di pietra, per vivere, inattaccabili e protetti, dentro quella nera caverna, dentro quelle viscere di pietra, pietre essi stessi in un mondo magico di riti e di pietra. Forse erano questi i punti fermi, le certezze celate di quelle orde mobili e ritrose di pastori guerrieri, che vi ritrovavano, dopo l'ondeggiante, infido, indeterminato passo degli animali su una terra senza confini e la sua misteriosa incertezza, la certezza pesante e buia della feroce grotta materna. Forse per questo i seimilacinquecento nuraghi che coprono i campi della Sardegna non sono sepolcri degli avi, come quelli che coprono la Cina, ma simboli di un mondo pastorale presente: e la vita di oggi ha una forma che in qualche modo richiama quell'arcaico bisogno di certezza.

La giornata avanzava: il vento, sul nuraghe, ci aveva assiderati. Cercavamo qualcosa da mangiare: ma a Barumini non c'era nulla. Piú avanti, a Gestini, nella

Giara, chiediamo a dei pastori dove si possa trovare del pane. Troveremo ogni cosa, dicono, dalla signora Mafalda, che è una donna valente. La cerchiamo girando nei vicoli, tra le case e i recinti che hanno ancora il carattere di reggia o di cella d'alveare per l'ape regina: con il chiuso, il nascosto, il miele dell'ombra nuragica; e un aspetto semplice, elegante, nitido, curiosamente moderno perché arcaico senza forme di passaggio. La signora Mafalda non c'è: le figlie ci ricevono in una stanza con i fiori finti sul tavolo; mangiamo il pane e il formaggio, e i fichi d'India risecchiti che avevamo colti sulle siepi.

Lasciamo Gestini e andiamo, per Nuragas e Nurallao, verso Laconi e le sue pendici variate di querce, di lecci, di olivi, sulla strada dove passano gli asinelli e scendono le greggi: siamo ormai nella Barbagia Belví, sulla montagna che si fa sempre più deserta e nuda, verso Aritzo, e Tonara, nel cuore del Gennargentu.

Dieci anni fa vi avevo cercato, con gli amici di allora, i tappeti, tessuti qui dalle donne. Poiché oggi non riconoscevo più la casa dove ero stato, chiedemmo dove si facessero i tappeti a un vecchio pastore che passava. Ci guardò con aria offesa: – *Tapitos?* No, non ci sono –. E poiché insistemmo, ci fissò con sprezzante degnazione: – Sono cose delle donne.

Ritrovai quelle donne, e i loro stupendi tappeti: le stanze ora piene di telai e di lavoranti giovinette, che cantavano, lavorando, canzoni sarde d'amore. Sono opere tradizionali e moderne di gusto non corrotto. Nei loro costumi antichi, la madre e le figlie disegnatrici (le stesse che, dieci anni fa, con neri occhi scintillanti di intelligenza e di vitalità, ridevano, libere, dell'inferno, ma si sottomettevano alla regola ereditata dell'autorità del loro pastore) ci parlano esperte del mercato italiano e di quello internazionale, dei grandi magazzini e delle loro esposizioni a New York. E intanto ci offrono ospitali i dolci che esse stesse hanno fatto, gli *amaretos*, e le meravigliose *caschetes* e *perdules* che sembrano fiori immaginari dai petali bianchi. Ci mostrano, con sapienza, i metodi della lavorazione, le erbe per tingere le lane, che danno colori diversi a seconda della stagione o del terreno dove sono raccolte. Cosí vivono, nei tempi molti, native, sconosciute sovrane.

Spinti dall'orologio, dall'avvicinarsi della notte, lasciamo Tonara, alta sul monte, le sue donne e i suoi tappeti, troppo in fretta: senza aver avuto il tempo di ricercare tutto quello che vi avevamo visto altra volta; di sentir parlare, come allora, del suo poeta Peppino Mereu, i cui canti sono ancora, nei pascoli solitari, sulla bocca dei pastori; di ascoltare le storie dei banditi, e quelle dei tagli dei boschi espropriati dalla riforma; di rivedere le opere del suo centro culturale; di riempirci a poco a poco della sua aria alta e tersa. Ma come stare per le strade, nella pioggia gelata e nel vento? Soltanto passare dall'una all'altra casa delle tessitrici, percorrere il breve terreno degli orti o dei cortili interni, pieni di pozze d'acqua e di odori silvestri, era un'impresa difficile.

Cosí partimmo, come avevamo fatto prima ad Aritzo, dove avevo rivisto il bar Gennargentu e le case di via Antonio Arangino (un nome che evoca molte vicende), ma non avevo potuto ricercarvi l'antico banditore, né i vecchi sentenziosi apostoli del bicchiere: forme ripetute, originali e viventi di quella vita chiusa. Ancora una volta partimmo col rimpianto, e il desiderio, delle cose infinite, delle sorti a cui si passa accanto, e che si sentono presenti e vive con la forza totale e propria dell'esistenza, senza fermarsi a vederle e a farle nostre. Era tardi.

Le cose che sono state viste una volta, e dette, e raccontate nei modi della poesia, splendono di sopraggiunta verità. Andare a Sorgono, a quest'ora, verso il crepuscolo, pare non sia considerata cosa gradevole, se c'è un motto popolare che dice, in forma di deprecazione o di augurio negativo: *An cuti iskuriket in Sorgono* («che ti si faccia buio a Sorgono»). Andavamo a Sorgono, deviando un poco dalla nostra strada e scendendo verso sud, soltanto per questo: per la memoria di quello che vi aveva visto e che ne aveva detto, una volta per sempre, D. H. Lawrence. Lo scrittore era giunto qui dopo un lunghissimo viaggio sui treni e sulle corriere del primo dopoguerra, in questa stagione, in questa stessa ora, quando un filo rosso di tramonto incantava le pendici di lecci e di querce, e la grigia bellezza di una natura intatta e solenne di secoli riempiva il cuore del viandante.

Ma Sorgono, luogo di tappa degli autobus nel centro della Sardegna, non gli era apparso che un povero villaggio triste, e l'unico albergo, il ristorante Risveglio, un freddo, umido, sordido buco, diretto da un gestore dalla camicia sporca di vino e dai modi villani: sí che la delusione dello scrittore si era trasformata in ira e furore. Finché il fuoco del camino in una buia stanza, la lunga cerimonia, per lui nuova, dell'arrostimento di un capretto allo spiedo, con l'arte antica di un vecchio pastore, la palla di grasso infuocato che colava come un sole le sue ardenti scintille sulla carne, avevano sciolto quella gelida furia.

Ora eravamo a Sorgono, il sole tramontava, l'aria

piovosa era freddissima, e cercavamo il ristorante Risveglio. Ne chiedevamo ai pastori che tornavano sulla strada con le capre: — Non c'è nessun ristorante Risveglio. C'era una volta. Non c'è piú. Forse è quello in alto, vicino alla ferrovia. Forse ha cambiato nome —. Dalla descrizione che ricordavo, non poteva essere che quello davanti a cui ci eravamo fermati: una casa sulla strada con una scritta sul muro: LOCANDA E CUCINA ROMANA. Romana? Perché, mi dissero, il gestore nuovo (ne erano passati tanti) è un romano: ma sua moglie è di qui, di Sorgono.

Entriamo, curiosi di ritrovare il bar, i pavimenti di terra, la prigione sotterranea, dove ardeva il camino. Nella stanza, una donna era intenta a stirare il bucato, e non interruppe il suo lavoro, né alzò gli occhi su di noi, al nostro ingresso. Una bambina le stava vicino, vestita di un pigiama rosso-fiorato di flanella: e ci guardava, da sotto le ciglia, acuta e ritrosa, con morbidi occhi neri. Ci trovammo, un po' imbarazzati, in quella stanza, nell'aria intima e sicura di un mondo familiare, completo in sé, indifferente all'inutile resto del mondo, e alle sue vane curiosità.

Chiedemmo se quello fosse l'antico ristorante Risveglio, e la donna, senza lasciare il suo ferro da stiro, di dietro i bianchi panni fumanti, ci disse che forse lo era. Aveva sentito parlare di uno scrittore inglese di tanti anni prima, che vi era stato: e anche l'anno scorso una signora straniera era venuta e aveva detto che riconosceva il luogo, e anche la camera da letto. Ma era passato tanto tempo; allora lei non era ancora nata, e non si ricordava di quel nome Risveglio. Se avessimo voluto vedere la camera, potevamo salire anche

noi al piano di sopra. Sapeva che quello scrittore aveva descritto il Risveglio come un luogo inospitale.
– Diceva il vero. Guardate come sono umidi i muri: cosí umidi che non ci si può stare. Anche la sala di là, dove c'è il bar, e si mangia, ha i muri bagnati d'acqua –. Era una grande stanza squallida, imbiancata a calce, e come abbandonata: c'era la radio, e qua e là per terra i giocattoli dei bambini. Un ragazzo ci accompagnò con la candela su per la scala, alla camera da letto, che forse era quella di Lawrence.

La donna continuava a stirare, e ci parlava senza guardarci, come una madre. Aveva un viso bellissimo, composto e serio: guardava le lenzuola umide sul tavolo, la bambina Rita, che fingeva, curiosa di noi, di leggere un suo giornalino. Non aveva bisogno di noi, né di nessuno: non vantava il suo albergo, né faceva nulla perché ci trattenessimo, altro che farci portare da Rita un freddo bicchiere di vino. Ma quell'aria di pace riservata e di intimità profonda che l'avvolgeva mi dava il desiderio di fermarmi lí, anche se la stanza da letto era gelida e squallida. Le chiesi se ancora gli avventori cuocessero i capretti infilati sullo spiedo, e se lei fosse esperta in questa arte, e nel cospargere di grasso infocato la bestia arrostita. Con orgogliosa modestia disse che non se ne vantava, ma che questo veramente lo sapeva fare come poche altre. Ma c'erano anche altri alberghi a Sorgono, non soltanto il suo.

Scendemmo lungo la strada ormai fosca del paese col pretesto di cercare se altrove potesse essere, con maggiore probabilità, la sede dell'antico Risveglio. Sullo slargo, davanti alla chiesa, entrammo nell'albergo di Nino. Una giovane stava seduta a un tavolo nella sala vuota: la cameriera, forse. Era la figlia della padrona. Sul tavolo era aperta la rivista «Grazia»: ma la fanciulla leggeva invece un libro di algebra. Mi disse che sua madre era la sorella della direttrice della Locanda romana da cui venivamo. Lei, Ignazia, lavorava all'albergo e studiava da ragioniere. La madre comparve, affacciandosi dalla cucina, con dolci occhi neri. Anche lei, poiché glielo chiedemmo, disse di esser brava ad arrostire il capretto: non poteva dire se piú o meno di sua sorella.

Vicino alla chiesa, sopra gli scalini nascosti nell'ombra, c'è ancora un'altra locanda, con un bar dove una vecchia di Nuoro non sa dirci del Risveglio, ma crede non possa essere che la Locanda romana. Anche la vecchia dice di essere brava per il capretto, nel modo antico: e ci dà dei dolci, a forma di palle bianche, che si chiamano *pirichittus*.

Non ci fermiamo a Sorgono: anche di qui partiamo, col rimpianto di Rita e di sua madre: di una verità intravista. Dopo Sorgono entriamo nella notte, nel deserto della montagna, attraversiamo paesi bui nelle raffiche di ghiaccio del vento, senza luci per i fili rotti dalla tempesta. La strada corre sulle coste dei monti, tra Tiana e Ovodda; si intravede in basso una diga, un nuovo lago artificiale. A Gavoi mi ero fermato, una volta, e il ricordo è quello di racconti lunghi nell'osteria, di storie di uccisioni e di briganti antichi e recenti, già entrati nel mito popolare, e mescolati in una memoria tutta presente. Ma in questa sera di gelo e di vento non c'è un lume, una persona. Passato Sarule, illuminiamo coi fari la facciata nuova della chiesa di Orani dove il pittore Nivola, che è nato qui e vive in America, ha graffito, al suo ultimo ritorno, tra la meraviglia dei pastori, una grande decorazione. Si scende a Oniferi, e si volta infine sulla grande strada di Nuoro.

Anche Nuoro è deserta in quella tempesta di vento e di ghiaccio. Gli amici che cerco non si trovano. Andiamo per strade oscure, per vicoli, in un'aria irreale e desolata. I miei compagni propongono di salire a un ristorante famoso, sul monte, sulla cima dell'Ortobene. Giriamo a lungo, perdendoci tra gli alberi, alla ricerca di quel lume sperduto della famosa osteria solitaria. Vi trovammo infine le delizie del *pane frattau*, della *sabada*, e del *casizzolu*: semplici, raffinati cibi pastorali. A notte tarda, nel nevischio pungente, torniamo finalmente in città, nella buia Nuoro, invisibile capitale delle terre dei pastori.

Come la realtà è molteplice; come, in ogni cosa, in ciascuno di noi, coesistono tempi diversi e lontanissimi! E quanto piú viva, reale e complessa è una persona, quando in lei questa contemporaneità di condizioni e di situazioni diverse, come strati geologici, questa eternità della storia e della preistoria, è presente: e quando gli elementi arcaici non sono relegati o totalmente nascosti in un oscuro subcosciente dove possono parere dimenticati e del tutto inoperanti, ma affiorano alla superficie, e diventano contenuti di poesia, energia vitale, capacità di comprensione universale, fuori della meccanica limitazione degli schemi sociali e psicologici della vita quotidiana!

Ma nelle terre dove oggi andiamo, questi elementi arcaici non sono soltanto una componente necessaria della persona, che affiora talvolta da un remoto passato, ma il senso stesso dominante della vita di ogni giorno, la qualità di una struttura sociale che permane pressoché immutata dal profondo dei secoli, che nasce dalla persistenza di un mondo pastorale, in luoghi mai domati da nessuno degli stranieri conquistatori che venivano di là del mare, nel corso uguale dei tempi, punici, romani, pisani, spagnoli, piemontesi; in popoli mai realmente compresi dallo Stato e nello Stato moderno, ma sempre piú chiusi in esso, circondati, segregati, con il loro codice di vita, di giustizia e di vendetta, col loro inviolabile mestiere di pastori, la comunanza e quasi l'identificazione con gli animali e le pietre; la coscienza, nel modo di vita, nella famiglia, nella morale, nel costume, di una comunità originaria: come un tesoro nascosto, una miniera segreta nelle montagne, apparentemente intatta.

Intatta? Le forze che mutano il mondo e lo rinnovano sono attorno a loro: sono soprattutto in loro, in uomini meravigliosi che hanno percorso in brevi anni il cammino dei secoli: pastori e operai che risolvono in sé, per propria forza, il contrasto di civiltà opposte come venti di un ciclone: quel contrasto che è nelle cose, e che si manifesta nei modi piú tragici: col terrore.

Cosí pensavo, mentre, con un mio caro amico nuorese, uno degli uomini che fanno nuova la loro terra, andavamo, un mattino, con la sua automobile, da Nuoro a Orgosolo. Parlavamo della storia di questo paese, della sua struttura pastorale, delle vicende terribili della famosa «disamistade», la guerra che dal 1903 al 1917 aveva diviso il paese in due parti nemiche, e trasformato gli abitanti in banditi, continuata secondo una sua buia legge interna attraverso una serie sterminata di uccisioni; e nella quale l'incapacità e l'estraneità dello Stato era stata uno degli elementi determinanti. Gli anni di pace seguiti alla riconciliazione del 1917 erano durati fino al secondo dopoguerra: ma quando, dieci anni fa, ero stato ad Orgosolo, di nuovo il terrore, e la morte, vi imperava.

Il paese era occupato dalla forza armata, come in una spedizione coloniale. Avevo cercato, allora, di rendermi conto della logica intrinseca, della legge nascosta, fosse essa di carattere magico o economico o sociale, che spiegasse quei fatti atroci, indecifrabili all'opinione nella loro cronaca paurosa. Le indagini e le opere piú recenti, e soprattutto l'inchiesta di Franco Cagnetta, il libro di Antonio Pigliaru: *La vendetta barbaricina come ordinamento giuridico*, il film di De Seta, *Banditi a Orgosolo*, hanno dato un chiaro filo di interpretazione e di conoscenza. Ora, mentre stiamo andando a Orgosolo, le vicende di sangue, dopo l'uccisione di due inglesi, mai chiarita, sono riprese: ma in una forma che appare in qualche modo anomala e difficile da far rientrare nella legge arcaica della vendetta.

Eravamo partiti nella tarda mattina da Nuoro. Mi ero fermato a comprare i sigari all'uscita della città. La tabaccaia, avvolta nello scialle nero, aveva un viso di singolare bellezza, con quella profondità gentile degli occhi scuri che racconta una storia di dignità e di dolore, e la difesa grazia nella durezza della vita. Le sue mani giovani erano deformate dall'artrite: lavorava per il marito cieco.

Dovevamo scegliere la strada da percorrere. L'amico mi propose quella di Locoe, la piú breve, dove passano le corriere. Ma io insistetti per la via di Mamoiada, perché volevo rivedere quel paese famoso per le sue maschere, idoli e feticci, i *mamutones*, che immaginavo essere stati un tempo maschere sacrificali, forse di sacrifici umani, collegandoli con la fantasia alle figure mascherate, e in qualche modo rituali, degli uccisori di oggi. Ed ero anche curioso di ritrovare la grande scritta sul muro del municipio, che avevo visto dieci anni fa come il primo segno di una situazione mortale: perché era, per una questione che riguardava il medico, una minaccia di morte: SE IL DOTTORE VA VIA A FLORIS L'AUTOPSIA.

Ce ne andammo dunque per la strada di Mamoiada, in mezzo a uno dei paesaggi piú aspri e selvatici che si possano vedere, dove la natura stessa sembra avere l'aspetto fuggente e intoccabile della volpe: pietre, macchie, distese di greggi e di silenzio. La scritta sulla piazza non c'era piú, ma quella vecchia storia del dottore era ancora presente, e non finita, nella memoria di tutti. La piazza era stranamente sgombra, lasciata alle raffiche del vento: ma, nascoste nei vicoli, scorsi tre camionette piene di carabinieri in assetto di guerra, come in un borgo presidiato durante una occupazione.

Fuori dell'abitato, la strada sale serpeggiando nelle lande solitarie. Passiamo un ponticello, in una stretta dove il vento si ingolfa cosí violento da impedirci quasi la corsa; tra pascoli e rocce remote, curve improvvise, luoghi deserti, noti per antiche uccisioni. E infine Orgosolo appare, distesa a mezza costa, con una sua dura e disordinata geometria di case sotto la grande massa incombente della montagna, il Sopramonte dei pastori e dei banditi. La strada si svolge in discesa tra le case: gli amici ci aspettano nel centro del paese, davanti al bar. Il vento gelido e furioso trascina sul Sopramonte nuvole gonfie e nere, e fischia e stride nei vicoli.

Saliamo in una casa dove ci aspetta la colazione. Ci chiudiamo in una stanza fredda, con un grande tavolo di marmo e dei mobili moderni. La porta è serrata.

Siamo in cinque a tavola: oltre al mio amico nuorese e a me, un artigiano, uno studente, un pastore: tre degli uomini migliori di qui, uomini che hanno vissuto e capito profondamente la tragedia di un popolo diviso tra tempi e condizioni opposte, che intendono il senso reale del passato perché sono pronti e aperti all'avvenire; e vivono, soli con giusta coscienza, la crisi di un mondo schiacciato tra la sua legge arcaica e la violenza coloniale che le si oppone senza intenderla, né cercare di risolverne i problemi.

Si parla, in quella stanza chiusa, della tensione che è tornata in paese dopo gli ultimi fatti, del rinnovato assedio e del rinnovato terrore. Mi dicono che essi oggi sono occupati per il funerale di un loro amico: un muratore che, salito a riparare un tetto pericolante, ne è stato strappato dalla furia di una raffica, ed è precipitato, e morto all'ospedale di Nuoro. Il lamento funebre è già cominciato. Saliremo tra poco insieme alla casa del morto.

La porta della stanza si schiude appena. Nello spiraglio vedo apparire una donna tutta raccolta nel costume, nello scialle che le avvolge il viso e la bocca, e lascia scoperti soltanto gli occhi segreti. Fa un cenno: l'artigiano si alza: nello stretto vano dell'uscio la donna gli sussurra qualcosa all'orecchio, e scompare. L'amico torna fra noi e ci dice: – Poco fa, proprio quando voi arrivavate dalla strada di Mamoiada, subito fuori del paese, sulla strada di Locoe, c'è stata una rapina. Hanno fermato un'automobile con due negozianti di agnelli. Poi è arrivato un taxi, e la corriera scortata. I rapinatori sono scomparsi –. Un silenzio preoccupato riempie la stanza. La notizia, qui, non è quella di un normale fatto di cronaca: sembra il richiamo, o l'avvertimento, di un destino che ci avvolge, di un'altra realtà che segue una sua nera sorte. Ci alziamo, per andare, in cima al paese, al lamento funebre.

Risalgo le strade di Orgosolo, con i miei amici, il nuorese, lo studente, l'artigiano e il pastore, che mi accompagnano alla casa del muratore morto. Lasciata la strada principale, dalla parte di Mamoiada, per vicoli e scalinate, ci troviamo in alto, in un terreno vago e selvatico, sparso di casupole semicostruite, col solo pianterreno, che, nel grigio di ferro della giornata tempestosa, fra le pozze d'acqua gelata, gli erti sentieri scivolosi, le zone incerte di terra nuda, le chiazze d'erba bruciata dal gelo, sembrano piuttosto ruderi e rovine di un paese distrutto. Su quel suolo infido, dove il piede cerca esitante un appoggio tra il fango e il ghiaccio, salgono da ogni parte persone: uomini in velluto marrone e gambali, donne oscure e velate, bambini: tutti chiusi in se stessi, chinati in avanti per il vento che trascina, piegati come alberi nella tramontana, verso la cresta del colle, davanti al cielo di ardesia, e le ultime case dove si svolge il lamento. Siamo infine su un breve spiazzo rotto di buche, di fossi, di materiali da costruzione simili a macerie, pieno di gente che aspetta, che va dall'una all'altra di due casupole, separate da un breve passaggio in cui si ingolfa il vento, sul ciglio estremo aperto sulle distanze delle valli.

Nella casa di destra, dove c'è il morto, stanno le

donne, nel pianto e nel lamento: in quella di sinistra, gli uomini, seduti nell'unica grande stanza fredda, tutto attorno lungo i muri, in silenzio: vecchi pastori bianchi e neri, giovani pastori in bruno velluto, operai, coi cappelli calati sul viso, i grandi corpi robusti e quadrati in attesa, senza parlare. Fuori, di fianco alla porta, nel riparo del muro che trattiene un poco la violenza selvaggia del vento, stanno in piedi, nell'aria freddissima, una trentina di donne, serrate insieme come un gregge, o il coro d'una tragedia, o uno stormo oscuro di uccelli posati su un albero solitario: nero e marrone, larghe sottane, scialli tirati attorno al viso, che il vento sconvolge e scompone. Passiamo davanti a loro per andare alla casa del lamento, piantando i piedi per terra in quel breve spazio fra le due case, luminoso di lontananze, per non essere travolti e sradicati dal vento, torrente turbinoso d'aria fischiante. L'urlo del vento copre con la sua voce l'urlo delle lamentatrici.

È difficile entrare nella casa del morto, piena di gente sulla porta e nello stretto andito che divide, con un basso tramezzo, le due stanze. Scorgiamo, dalla soglia, il morto che giace quasi a terra, con le mani congiunte sul petto, con il suo abito da festa; e attorno la sorella e le donne nere nel grido continuato e oscillante. Dall'altra stanza, che non possiamo raggiungere per la folla, giunge piú intenso, piú continuo e straziante, il canto della moglie e delle altre lamentatrici. Stiamo in quell'atmosfera sonora che ci avvolge, che trascina in ritmo il dolore, serra nel canto la fine dell'essere, lo smarrimento dell'esistenza: angoscia e presenza, dove si mescolano il pianto, il racconto, il grido, il cuore, l'urlo: *core meu, frate meu*, e il fragore del vento *core meu*, e lo strazio e l'annullarsi e il rito, *core meu*, e il costume, e il perdersi, e il semplice dolore: *core meu, frate meu*; visi chinati sotto il velo, visi di pietra e di tragedia *core meu*; gesti antichi, ripetuti dal fondo dei tempi, comunità delle cose e degli esseri, unità straziata: *core meu, frate meu*.

Quanto sarebbe durato quel canto di morte fuori del tempo? Si aspettava da ore, per il funerale, il medico che doveva venire da Nuoro, per il permesso dell'inumazione. Tardava: per il gelo sulle strade, o per il timore dei banditi che avevano fatto poco prima la rapina? In questo mondo compatto nei suoi riti, l'attesa mostrava la presenza dell'altro mondo. Aspettavamo sullo spiazzo, nel vento, guardando il chiuso stormo delle donne contro il muro. Qualcuno arrivò dal paese, e sussurrò una notizia, che passò istantanea dappertutto, e si fermò sui visi immobili degli uomini. – Hanno ucciso un carabiniere, or ora, poco fuori del paese, sulla strada di Locoe. Era di pattuglia, alla ricerca dei rapinatori.

Nessuno disse nulla. I visi e le bocche rimasero serrati. Il vento e il lamento gridavano: l'altro mondo, l'altra morte, stavano attorno a noi. Arrivò finalmente il medico. Entrò nella casa. Sullo spiazzo, davanti alla porta, venne portato un tavolo. Lo stormo delle donne marroni e nere cominciò a cantare in coro le preghiere dei morti, in modo di canto sardo. Dal basso, inerpicandosi da ogni parte sui sentieri, giunsero donne che portavano lunghi crocifissi neri, e inchiodati sulle croci cartelli con le scritte: SS. SACRAMENTO, SANTA MARIA, e sottili nastri neri che il vento muoveva come serpenti: e muoveva le sottane, i veli, gli scialli, in forme mutevoli e ondeggianti, come di fantasmi, o di furie che recassero forche, trascinate dalla tempesta. Quando queste donne furono giunte, saltando i fossatelli e le pozze, sullo spiazzo, e si disposero a un lato del tavolo, di fronte allo stormo delle preganti, mentre piú alto si levava il grido delle lamentatrici, e il canto e il pianto, il morto venne fatto uscire dalla casa, e chiuso nella cassa posata sul tavolo. Cominciò la discesa per i sentieri, tra le casupole, verso il paese e il lontano cimitero. Scendevamo nel vento. Dal basso giungeva un rumore di camion e di motori: i carabinieri che arrivavano da ogni parte a occupare Orgosolo.

Ci buttiamo ora per vicoli, verso la strada principale. Si affacciano donne alle finestre e alle soglie, si uniscono al corteo, che quasi corre nella discesa. Una donna appare nel costume colorato, rosso e verde e giallo, come un fiore sgargiante, e si nasconde in una porta. Si traversa tutto il paese, nelle strade desolate. Il corteo, rapido, è solo: soltanto lontano appaiono le divise dei soldati. Arriviamo finalmente alla chiesa, in fondo al paese, e entriamo, per il rito funebre. Dalla porta principale, aperta, si vede tutta Orgosolo e il Sopramonte: un quadro nitido di arcana bellezza; (su un'altra porta di chiesa si scrivevano i nomi dei destinati alla prossima morte). Sul fianco, tra la chiesa e il nuovo campo sportivo, precipita il cimitero, diviso in gradi per la sua ripidezza. La terra è bianca, rigida di gelo, seminata di croci uguali per i morti di una uguale morte.

Guardo dall'alto l'interramento. Il becchino, dalla

calva testa rotonda, tarchiato, largo, vestito di velluto quasi bianco, ha l'aspetto di un antico esecutore di alte opere. La bara è calata nella terra, nel cerchio delle donne brune e nere, e lasciata là, nel vento.

Risaliamo, attraverso il paese vuoto, nel rumore delle macchine di guerra, alla casa del muratore morto, per l'uso del saluto ai parenti. Seduti tutti attorno nella stanza, aspettano il giro di quelli che si condolgono. Il fratello del morto si sente male: lo adagiano su un letto. La sorella sta in una delle stanze, con la madre, e continua, a tratti, il lamento. La moglie è nell'altra stanza; la vedo ora negli intervalli del grido: *core meu, core meu*, col suo viso bianco, fine e profondo, di una antica bellezza che sembra chiudere in sé tutto il dolore del mondo, e la consapevolezza del dolore, e la regola della dignità e della arcaica civiltà del costume. Altre donne portavano enormi cuccume di caffè, ciascuno dei presenti deve bere, e anche io ho la mia tazza.

Calano le ombre. Scendo in paese, dove mi aspettano gli amici, e il dottore che ha promesso di arrostire un agnello. Al bar qualcuno parla del carabiniere morto. Lo conoscevano, era un buon ragazzo, era stato a farsi la barba poco prima di essere ucciso. Nessuno sapeva come fossero andate le cose. Veniva la notte, in Orgosolo occupata.

Viene la notte: ma il cielo ha ancora un chiarore colorato, una lunga, persistente luce livida che tinge le distanze, e le chiude in mura d'aria che pare isolino dal mondo circostante il paese assediato: una patetica siepe di vapori che lo dividono dall'infinito supposto al di là. Mi fermo, appoggiato al muretto della strada in cima al paese, per un momento, a contemplare le distese delle terre, da ogni parte. Nuvole di minuto in minuto piú fosche corrono per il cielo, e fanno grigi i pascoli delle valli nel giro dei colli e delle montagne, le vastità di un paese desolato e solitario, dove dappertutto uomini ignoti possono essere nascosti, e condurre la loro vita remota, quella del pastore *solu che fera*, solo come una fiera, o quella del bandito, in cui pare si realizzi, oggi, in un individuale destino, una legge antica di millenni, di fronte a un mondo incomprensibile. Il Sopramonte si annera: le rocce biancheggiano di quel chiarore notturno che è come l'ombra trasparente della luna. Ma, dove il monte finisce, e la vista spazierebbe verso aperte terre lontane, come un sipario d'aria verde si frappone allo sguardo: di un verde trasparente e impenetrabile, colore dell'acqua e della tempesta, e una nuvola bianca, portata dal vento, lo percorre, e si stinge e si imbruna quando raggiunge le alture e si fonde con le ombre delle rocce.

Fermo in questo incanto rimango a guardare quel mondo serrato nei suoi confini d'aria e di granito, nel suo eterno isolamento. Nessun rumore vicino o lontano giunge dal paese o dalla campagna. Tutto sembra celato in quel silenzio, immaginario, furtivo, incerto, geloso: l'ombra crescente avvolge le querce, le macchie, gli albori lontani (pecore, forse, raccolte nel timore o nel sonno, o pietre?), le grotte, i segreti, selvatici cuori solitari. Soltanto, a tratti, un rumore di motori della polizia rompe, estraneo, quel silenzio, e il passo dei soldati che camminano in fila, rasente i muri, con le armi spianate.

Le porte delle case sono sprangate: la gente preferisce stare al riparo, ricordando gli infiniti episodi passati di rastrellamenti, di arresti casuali, di violente repressioni, ogni volta che era avvenuta un'uccisione, compresa dal senso della legge del paese, oscura e misteriosa per l'altra, esterna legge. Quelli che stavano nel piccolo caffè, come in un rifugio illuminato, offrivano tutti da bere, e non parlavano, o accennavano appena alla vicenda del giorno. Ma era evidente un rifiuto (o una subcosciente censura) di quel fatto che riportava nel presente altri fatti mille volte ripetuti, nati dal fondo stesso di una realtà, di una struttura comune, dall'esistenza di un mondo di pastori guerrieri, isolato nell'altro mondo, impedito di svolgersi e di aprirsi, perpetuato come una colonia costretta e chiusa da padroni sordi e indifferenti.

La rapina del mattino doveva essere stata fatta da gente inesperta. Della morte del carabiniere non si sapeva nulla. Forse poteva essere caduto, ed essere partito un colpo dalla sua stessa arma, o da quella di un suo compagno? Alcuni dicevano che pareva fosse solo, o rimasto solo, trovato soltanto piú tardi, veduto da due pastori che passavano, e che avevano portato la notizia, e che ora erano interrogati in caserma. Accenni, parole, sussurri: la coscienza del paese non accettava quel morto.

Accanto al bar c'è la bottega del barbiere, che insiste (ha scommesso che ci riuscirà) perché io mi tagli i capelli. Mentre sto sulla poltrona, sotto le forbici, entra un uomo di mezza età, che nessuno guarda, come non esistesse. Mi saluta dicendo di avermi già incontrato un giorno, a Pizzoli, in Abruzzo: avevo fatto un discorso, sulla piazza, per commemorare Pittsburg (voleva dire Ginzburg). – Io mi trovavo là per ragioni amministrative. Ho sentito che questa sera, dal dottore, si arrostisce un agnello, spero di poter passare un momento per assaggiarlo –. Era un commissario di Nuoro, chiamato a Orgosolo, come tante altre volte, per l'uccisione di oggi. Arriva intanto il dottore, dopo il giro delle sue visite. È un giovane alto e snello, rapido e sciolto nei gesti, con un bel viso fraterno. Vedrò poi quanto egli sia valente nel suo lavoro, e capirò come anch'egli appartenga, ma per vie e strade opposte, a quel gruppo di uomini arditi e primi di Orgosolo, per cui qui è possibile il futuro. Se gli altri, pastori, artigiani, operai, sono nati nella vecchia legge, e ne hanno capito, per dolorosa, totale esperienza, il senso, e hanno trovato in sé la forza di giudicarla come si giudica il proprio passato, e di trovarne le cause, e di opporle, con la pietà di se stessi che sola consente la giustizia, un'altra realtà, non esterna, ma che è in loro, il dottore invece è venuto di fuori, dal sud della

Sardegna, è entrato intero nel chiuso mondo di Orgosolo, ne ha scoperto il significato, il dolore e la crisi; e si è fatto orgolese per amore di somiglianza.

Appare l'agnello, spellato e pronto, con la sua testina malinconica. Il dottore, mi dicono, è maestro, forse piú di tutti qui, nell'arte di arrostire secondo il modo antico e rituale dei pastori: ed è questa una prova del suo essersi fatto orgolese, anche nei semplici modi del costume.

Saliamo alla sua casa, in un vicolo ripido: i bambini corrono nel lungo corridoio, un gran fuoco arde nel camino, nella stanza moderna. Bisogna anzitutto alimentarlo, far crescere la fiamma, disponendo ad arte le radici e i rami. Come si sta bene in quell'ardore, dopo il gelo della giornata, e il vento che fuori non cessa di urlare violento! È ancora, tra i mobili eleganti, la capanna: il fuoco che si guarda, e si muove e parla agli uomini silenziosi. Nella cucina è pronto lo spiedo: una lunga spada acuminata di ferro, col manico dalle quattro gambe che servono di appoggio. Con quale difficile sapienza la bestia viene maneggiata, piegandone le cosce e il collo in modo che nulla possa muoversi o pendere (le parti interne non fissabili trafitte da piccoli spiedi ausiliari), finché la si trapassa intera con lo spiedo, studiando i punti di passaggio del ferro, e la distribuzione equilibrata del peso che rende agevole il voltarla! La si porta al camino, appoggiando in terra lo spiedo dalla parte dell'elsa, e infilando la punta in un buco del muro, a giusta distanza dal fuoco, piú o meno, a seconda dell'ardere della fiamma o del calore della brace. E tutto il lungo tempo della cottura è come un dialogo del fuoco, nel suo crescere e declinare, con l'animale che si colora e si asciuga, finché, alla fine, arriva la palla di lardo infilata su uno stecco, si incendia ai tizzoni, e, scintillante come un sole, si fa colare a gocce il grasso sulla bestia quasi arrostita, che si indora e si imbruna.

È un lento racconto, che tutti ascoltano, e guardano, seduti attorno: e si parla. Sono venuti gli amici, ma non il pastore, che non può uscire la sera perché ha l'ammonizione di polizia, lui, uno degli uomini migliori del paese. Sono venuti altri pastori, taluni dal viso noto per essere stati attori nel film di De Seta. Si parla di Orgosolo, della sua storia, della *disamistade*, delle repressioni, dei modi per uscire da questo circolo chiuso che, opponendo all'arcaico il coloniale, crea la tragedia anziché risolverla. Lo spiedo può girare ora nel corpo dell'agnello: la cottura è finita. Ed eccoci in cucina, con la «carta da musica», il vino, e la carne dorata e saporosa. Questi uomini sono tutti al di là della realtà contraddittoria: è un tavolo di amici legittimi.

Si bussa alla porta, e appare, col freddo di fuori, il commissario che avevo trovato dal barbiere, curioso di noi, curioso dell'agnello arrostito. Entra, non chiamato: un pezzo di agnello è per lui. Mi chiede che cosa pensi della situazione. Mi dica lui, gli rispondo, che cosa ne pensa, poiché è qui per provvedere. – Siamo tutti colpevoli, – afferma solenne. Qualcuno gli risponde che questo non basta, che certo siamo colpevoli tutti per il peccato originale, ma che non ci si può accontentare del senso di una colpa ugualmente distribuita. Ed egli dice di essere amico di tutti, camerati e compagni. Viene compianto, perché quello che egli rappresenta qui, pur con tutta la solerzia e la buona volontà possibile, è un elemento estraneo e negativo che non può, anche a fin di bene, che inasprire il male. Qualunque intervento di fuori è, forzatamente, dannoso.

Mangiata in fretta la sua porzione di agnello, il commissario saluta: il lavoro lo chiama. Restiamo noi amici, nella lunga sera, parlando. E tutto quello che è la vita e il senso di Orgosolo, e il suo dolore e la sua solitudine e la sua esperienza, esce in modo semplice e diretto dalla bocca di questi uomini che resteranno qui, e che quel mondo vivono e conoscono in ogni ora. Sono le due di notte quando ci lasciamo.

Fuori, il gelo è piú crudo e il vento non si è posato: il cielo brilla di fredde stelle. Nel vicolo buio, dove l'amico nuorese ed io ci attardiamo a salutare, partendo con la sua automobile per Nuoro, il silenzio è rotto, a un tratto, da spari ripetuti. Un altro conflitto, altri morti? Sono razzi illuminanti che si accendono in cielo come a frugare la notte della campagna. Altri spari, altri razzi: è la guerra in una colonia assediata e frugata. Per le vie del paese i camion dei carabinieri e della polizia sono pieni di armati, visibili al lume dei razzi. Ma appena usciamo dall'abitato, per la via di Locoe, il silenzio e la solitudine totale ci avvolgono. Fino a Nuoro non incontriamo anima viva. È una strada dal fondo di terra, tutta svolte improvvise, nascondigli di alberi e di rocce: un feroce notturno altrove. Qui, alla prima svolta, subito dopo il paese, è avvenuta la rapina di stamane. A un'altra svolta, poco piú in là, su una proda a sinistra, è morto il carabiniere; piú avanti, due croci di legno indicano il luogo della uccisione dei due inglesi. A ogni passo l'amico mi dice delle morti avvenute qui negli anni scorsi: come una strada di cimitero. I fari mostrano forme bizzarre, ombre notturne di un mondo selvatico. Le pozze di acqua gelata sulla terra rossastra sembrano, in quell'ombra, pozze di sangue. Andiamo rapidi, in quel silenzio fiero, finché appaiono, a una svolta, i lumi di Nuoro.

Per tornare a Orgosolo, il giorno dopo la morte del carabiniere, prendiamo la strada di Oliena. È piú lunga di quella di Locoe e di Mamoiada, ma, delle tre, la piú bella per il solenne incanto dei monti boscosi che attraversa. Oliena sta in faccia a Orgosolo, a cui per ragioni di storia, di economia, di struttura sociale, somigliava certo in passato. Ma ora si direbbe il suo opposto: un paese sereno di pace, famoso per i suoi vini, per la sua montagna, per i suoi costumi, di fronte al paese fratello, immerso nel terrore della sua violenta solitudine.

Vi ero stato dieci anni fa, e il contrasto mi era apparso allora con straordinaria evidenza: a Orgosolo, i morti designati dall'antica legge della vendetta, e i latitanti e i *dogau* (coloro che, senza essere ricercati né colpevoli, lasciano il paese per timore delle repressioni indiscriminate), e la leggenda ferina del Sopramonte, parevano coprire il paese d'ombra e di sgomento. Oliena invece era luminosa: nelle strade le donne ballavano in tondo, sottobraccio, il ballo sardo, che è, esso stesso, un'arte e una legge antica, ma amorosa e felice.

Questa volta, nelle strade non c'era nessuno, per il freddo, il vento, e l'ora dopo mezzogiorno; ma l'aspetto delle cose era schietto, pieno di armonia, nelle antiche case, nei cortili ritrosi con le scale e i balconi interni. Il ballo sardo non si balla piú se non in qualche rara occasione: è andato in disuso, come molte cose del costume, in questi ultimi anni, mi dice il giovane professore che oggi mi accompagna. Sua moglie, che è maestra qui, si affaccia a salutarci alla finestra della scuola. Vedo per un momento i suoi dolci, splendenti occhi neri. Cerchiamo invano, poiché tutto è chiuso, un po' di pane. Il segretario comunale, coltissimo nella storia di Oliena, i cui documenti va scoprendo negli archivi, insiste per ospitarci in casa: ma abbiamo fretta di ripartire, e non vorremmo fermarci. Finiamo con lui da un amico pastore, che ci improvvisa la piú deliziosa *savada*, calda e fragrante di farina, di latte, di pasta semicruda, e il prosciutto, e la carta da musica, e il vino fortissimo che è come una viva persona.

La strada per Orgosolo gira per il monte, nel bosco rado di querce, di sugheri e di lecci, passando nelle piú intatte solitudini, di pendice in pendice, in un mondo naturale puro e estremo, sotto il volo dei falchi che il vento sorregge e trascina. L'incontro di un uomo è un avvenimento, come l'incontro di un animale selvatico per un cacciatore. Non vediamo nessuno, tra quegli alberi e quelle pietre, per tutto il percorso: soltanto un gufo vola da un ramo, spaurito nella grigia luce del giorno. Finalmente, a una svolta, tre manovali che lavorano a una cava, ci salutano: sono compagni di ieri, della serata di Orgosolo.

Orgosolo appare vicina, mentre il cielo rapidamente si oscura di nuvole gonfie di tempesta. Un ronzio di insetto scende dal cielo, strano in quel silenzio di natura: è un elicottero della polizia che gira sul paese come una libellula, spiando dall'alto i vicoli, le forre e i dirupi. Un altro elicottero si allontana nel nero delle nuvole, sulla cresta del Sopramonte, e scompare.

Siamo appena entrati in paese, e scesi davanti al bar, che improvviso un fragore come di cannoni rimbomba e rotola nella valle. Ma non è che il tuono. E subito scende, violenta e grossa, la grandine, che imbianca le strade, battendo furiosa di vento, come se qui anche il cielo non potesse esprimersi che in modo selvaggiamente drammatico. Mi rifugio nel negozio, dove si vende di tutto: le cartoline, i tabacchi, le candele, gli attrezzi, il cibo, e dove c'è il telefono pubblico. Entra il sindaco, entra un commissario, entrano dei carabinieri. Subitanea come era venuta, la grandine cessa, e torniamo sulla strada.

Lontano si ode il passo dei soldati, presto coperto da un altro rumore di passi, di piedi leggeri che si sentono correre per la discesa: compare un gregge bianco di capre. Corrono sole, senza pastore, per la via principale, e con loro corrono stormi di bambini che le inseguono e le rincorrono gridando. Il gregge, a mano a mano, si assottiglia, perché, ad ogni incrocio, una, due, tre delle capre se ne staccano e risalgono i vicoli verso la propria casa. Le residue mi passano innanzi, correndo con le grandi mammelle gonfie di latte che pendono e oscillano, e si sciolgono dal gruppo ricercando ciascuna una porta. Sono le capre *mannalittas*, quelle cioè che si tengono nelle case, e che servono per il latte della famiglia e dei bambini. Partono la mattina, sole, da tutte le case, e si radunano in cima al paese, dove le aspetta un pastore che le conduce al pascolo, e le riporta, prima di sera, nello stesso luogo, di dove si precipitano a ritrovare ognuna la sua stanza, accolte per la strada dai bambini che attendono il loro ritorno.

Sono, in qualche modo, animali sacri: non le comuni capre del gregge, ma quasi parte della famiglia, nutrici dei figli. Per questo sono intoccabili. Per l'antica legge barbaricina, quella a cui Antonio Pigliaru ha dato forma di codice preciso, il furto o l'uccisione del bestiame, antico oggetto delle *bardane* (le razzie organizzate da gruppi singoli, o, talvolta, dall'intero paese, in danno di altri paesi) non è veramente un reato, né un'offesa: è una forma normale del costume, un mezzo normale di processo economico, a cui si può rispondere con lo stesso mezzo: una prova di valentia. E perciò, per quanto possa essere dannoso e rovinoso per chi lo subisce, non è motivo di vendetta. È invece motivo di vendetta il furto, il ferimento o l'uccisione di una capra *mannalitta*, perché questa è un'offesa che tocca la struttura della famiglia e dei figli. Cosí anche è un'offesa quella che riguarda il maiale che si ingrassa per l'uso della casa, il *mannale*, ma non lo è quello di un intero gregge di porci che pascolano nella campagna. La vendetta, per chi tocca la *mannalitta*, se è stabilita la volontà di offendere, può essere mortale. (Mannale si dice anche, in modo traslato, di un uomo che lavori poco. «*L'as presu su mannale*», si chiede, scherzando, alla fidanzata di un poltrone).

Quelle leggi pastorali e preistoriche, tuttora vigenti, hanno un contenuto giuridico preciso, come ne hanno uno economico e sociale, che spiega il mistero delle «disamistadi», delle vendette e delle morti.

Hanno anche insieme, certamente, un contenuto magico. Seguendo questo filo ero stato, dieci anni fa, a cercare la maga di Orgosolo, Elisabetta. Ricerco ora invano quella donna grande, madre di molti figli, piena di intelligenza e di una sorta di materno equilibrio, che aveva negli occhi, nel discorso semplice, qualche cosa di reale e di profondo, che non era soltanto conoscenza di erbe e di filtri. Ma ora Elisabetta è morta.

Dopo il passaggio delle *mannalittas*, per un momento la strada si fa piena di vita. Tutto passa assieme davanti a me: cose di sempre e cose di oggi. Un vecchio pastore barbuto, bianco e nero nelle pelli, un piccolo trattore sferragliante, una bambina che porta in braccio, come una bambola, un capretto, donne nel chiuso costume di monache, l'arrotino con la sua mola, i carabinieri col mitra, operai, muratori, un prete, giovani in velluto marrone e gambali, e l'elicottero in cielo.

Passa anche il dottore con la sua automobile. Ha finito le visite, e ci avviamo verso casa sua: è ormai notte. Un ragazzo lo aspetta nell'ombra: dice che sua zia è caduta dalle scale e si è spaccata la testa. Andiamo alla casa della ferita. Ha un lungo taglio, dove il sangue si è raggrumato tra le ciocche grige. Si scusa di aver chiamato. Una vicina la accompagna al piccolo ambulatorio. Mentre bollono i ferri, si tagliano i poveri capelli della vecchia, per la prima volta nella sua vita. Seduta su una sedia, senza un lamento, mentre il dottore le mette i punti metallici, lei e la vicina parlano di altri mali, ferite e dolori, della bambina che si è mozzata la lingua, del destino che colpisce, e raccontano dell'opera del medico che ha insegnato a tutte le donne ad allevare i figli, e libera dalle malattie.

Altri vengono a chiamare per cure e consigli. Io intanto salgo alla casa di un vecchio pastore, Battista Corraine, l'ultimo sopravvissuto della grande *disamistade* dei Corraine e dei Cossu, famoso per quel suo remoto passato di guerra sul monte. Dieci anni fa, quando lo avevo conosciuto, stava seduto sulla soglia come un antico re, col suo viso bellissimo, a me misteriosamente familiare, e l'evidenza del potere di un capo di famiglia o di tribú; ospitale, semplice e solenne. Lo ritrovo, identico nei suoi novant'anni, seduto vicino al focolare, con la vecchia moglie. Nel suo costume di pastore, con le grandi brache bianche, le uose, il giubbone e il giustacuore di pelle, la camicia pieghettata, la berretta lunga a calza, sembra un monumento del tempo, una pietra che guardi con occhi vivi.

Mi riconosce, mi fa bere il suo vino, mi mostra il costume di festa che servirà per la cavalcata. Ha saputo del carabiniere morto, della forza pubblica in paese, degli elicotteri, delle ricerche. Non fa commenti. Tutto questo non è che la vita: un momento che entra identico nel suo passato di memoria. Mi saluta augurando di ritrovarci tra altri dieci anni. Per lui, la morte esiste, non il tempo.

In casa del dottore si ripete la cerimonia dell'arrostimento. Questa sera è un porcetto che viene infilzato allo spiedo, e il cui viso si trasforma, a poco a poco, nel contatto col fuoco, sempre piú asciutto e bruno, come una mummia. Sarà pronto quando, ritirandosi la cotenna sulle zampe, apparirà, nuda e bianca, l'estremità delle ossa, quando, come si dice qui, «il maialetto si rimbocca la manica». Arrivano gli amici; comincia la lunga serata di racconti, di speranze e di pensieri. Fuori, il vento gelido trascina, furioso, la neve.

Orune è per me uno dei luoghi della fantasia e della memoria; forse per il suono del suo nome, forse perché l'ho tenuta nella mia casa per anni nella sua forma di uccello, di snella, selvatica *carroga* dai neri occhi lucenti, con cui avevo finito, in qualche modo, per identificare quel paese, quei monti, quel vento d'aprile, e la cucina vecchia, nera di antico fumo, e gli *attittos*, e le poesie, e i balli sardi, e i pastori, e i ladri di pecore, e i latitanti di un mondo archeologico e presente. Nella sua veste di uccello ritrovavo le voci dei pastori nelle capanne dal tetto di sughero, che ascoltano, soli, se stessi, di là dai tempi, cantando il «processo di Dio», e il vago suono metallico e ronzante della *lidelba*, e la nobiltà dello sguardo boschivo di chi, non legato, guardi di fianco, pronto a celarsi, a muoversi e a fuggire. Quel paese è dunque per me una immagine, una forma, un nome che unisce una realtà molteplice di animali e di pietre nell'immobile ondulare delle greggi del tempo.

Per andarci oggi, tanti anni dopo, e riportare al presente la sua realtà fantastica, prendiamo la strada nuova, che non è ancora del tutto finita, uscendo da Nuoro, dopo la chiesetta della Deledda, sotto un monte Ortobene splendido di dirupi e di rocce, di declivi di boschi mediterranei, dove si mescolano le diverse essenze e i diversi verdi dei pini, degli ulivi e dei fichi d'India, fino a una curva in fondo alla valle, che, su un ponte nuovo, porta, salendo, verso monti di forma bizzarra, come se la terra si esprimesse qui in una sua lingua diversa da quelle note, con enigmatici ideogrammi di pietra. Sui declivi rocciosi, sui pascoli lontani, appaiono boschi adatti ai pastori: sulla cresta sopra di noi si leva un nuraghe, vicino a una strana gigantesca roccia, come un grande cilindro o pilastro, o collo o gambo, di pietra, su cui è sovrapposto un ombrello o una testa, con un becco sporgente. È la roccia Nunnalle, che forse non era altro che l'oca sacra, l'animale totemico di quei pastori guerrieri, o che forse, secondo altre piú recenti leggende, è un uomo trasformato in una gigantesca pietra, perché bestemmiava, colto da un temporale di pioggia, mentre portava un grande fardello di legna. Nessuno è salito su quella roccia, se non qualche pastore che non ne ha potuto scendere piú.

Si sale sempre piú in alto, verso un monticciuolo conico, dagli antichi strati archeologici, dietro cui, a poco a poco, appare la nascosta Orune, con le sue case senza finestre, come un solido complesso di facciate e di spigoli, dentro cui si entra dall'alto, per la strada in discesa, come in un paese di Lucania in cima a un colle. Subito ci vengono incontro dei conoscenti: e chi mi riconosce e saluta, dopo tanti anni, come se fossi stato qui ieri, chi vorrebbe offrire subito qualcosa, nel primo dei ventisei bar del paese.

Davanti alla porta del bar campeggia, tra pastori in velluto marrone, un giovane, che ha la loro stessa corporatura e andatura, e la loro aria virile, quadrato sulle gambe arcuate. Ma è vestito in un modo clamoroso. Ha un berretto scozzese, rosso, verde e nero sul capo, invece di *sa berritta*, è coperto da un lungo pastrano di pelle nera lucida, di foggia vagamente guerresca, che gli giunge quasi ai piedi, e che, sbottonato, mostra un fazzoletto giallo al collo, un maglione sgargiante, una cintura di cuoio e i pantaloni da cavallerizzo che finiscono in alti stivali foderati di ovatta. È in qualche modo una traduzione esotica, coloniale e guerriera, del costume dei pastori. Parla ad alta voce, eccitato, sicuro, cordiale, sprezzante; dai suoi confusi racconti sento che era veramente un pastore, ma che è emigrato, prima in Algeria, poi in Germania, ed è qui per le feste. Nel suo discorso si mescolano vaghe immagini degli algerini e dei russi (il suo pastrano di pelle è russo, dice. – In Germania sono tutti russi, tutti comunisti. Non i tedeschi, ma noi. I tedeschi lo sono, ma non lo dicono –). Il pastore emigrato ha costruito in se stesso un personaggio, un misto di guerriero sovietico e di parà. Mi mostra la bellezza dei suoi morbidi stivali ovattati. Nel bar, egli tiene tutta la stanza. Sente il suo potere di individuo nel mondo, tra forze grandissime che gli sono familiari. Offre da bere, e, se non vogliamo bere piú, offre qualche altra cosa, tutto quello che vogliamo; ci riempie le tasche di caramelle. Lavora da operaio a Colonia, dopo aver lasciato l'Algeria. Parla della Germania, che non è Russia, con il disprezzo di un principe, col suo duro viso di pastore che giudica da solo.

Appoggiato al bar, c'è un giovane biondo, alto, in un abito grigio, coperto da un elegante impermeabile di nailon, le scarpe da città, la camicia bianca, la cravatta. Risponde ai discorsi dell'altro, lodando la vita in Germania: si guadagna. Lui, è operaio in una fabbrica di plastica ad Amburgo, e con i cottimi può fare piú di centomila lire al mese. Ne manda a casa cinquantamila, a sua madre. – Qui facevo il servo-pastore. Potevo guadagnare in un anno quello che risparmio in un mese –. Parla preciso, moderato, di fronte alla confusa irruenza dell'altro. Però ad Amburgo non vorrebbe rimanerci per sempre, perché nel proprio paese è meglio. Là non si può mangiare: egli mangia soltanto il formaggio e il pane che sua madre gli spedisce. Se mangiasse al ristorante gli avanzerebbe danaro? gli chiede, polemico, il guerriero. No, non gli avanzerebbe. E poi c'è troppa differenza tra quei cibi senza sapore, che non nutrono, e anche un solo pezzo di pane di Orune. Mangia le cose di casa, altrimenti dovrebbe fare come i tedeschi, poveretti, che non mangiano che «patatte». Anche lui è qui per le feste, e ripartirà per Amburgo, con la sua faccia bionda di studente, e il suo soprabito di nailon, servo-pastore, fuori e dentro il suo antico mondo pastorale.

Lasciamo i due pastori emigrati, il guerriero e lo studente, a continuare la loro confusa contesa sulla Germania e sull'altro mondo che li ha trascinati lontani dai greggi della loro terra; e quasi, in modo diverso, a scusarsi di questo abbandono; e scendiamo verso la piazza. Tutti quelli che si incontrano si uniscono a noi, e ci accompagnano parlando. Giovani pastori in velluto, altri in abiti civili, un maestro cieco, un uomo anziano e robusto dal viso aquilino, che sa tutto, ed è una specie di capopaese, un pittore, degli studenti.

Ci ferma, a un certo punto, un uomo bruno e tarchiato che ha le vesti e l'aspetto di un professionista, e che quasi ci aggredisce, con la voce potente di chi parla senza ascoltare risposta, quasi avesse aspettato, lí sulla strada, il nostro arrivo, o quello di chiunque altro, per sfogare e esibire il suo animo. È, mi dicono, un tecnico, già direttore della cooperativa dei pastori. Tutto va male, a suo avviso, per colpa di tutti. Tutti sono «uno schifo»: uno schifo i politici, uno schifo i giornalisti, uno schifo le inchieste, compresa quella di Cagnetta. Io, questo, a Roma, dovrei saperlo: uno schifo; e uno schifo anche i pastori. C'è un solo rimedio allo schifo di tutti e ai problemi schifosi di Orune: altro che previdenze, cooperative, inchieste e piani: qui ci vuole la bomba atomica, e dopo la bomba atomica la fiamma ossidrica, e dopo la fiamma ossidrica il D.D.T. Questa sua generica invettiva non ha termine e non accetta obiezioni o risposta. Avanti e indietro sulla piazza, che si affaccia come una alta coffa, o una torre di guardia, sulle distanze dei pascoli e dei monti. Nella porticina del municipio aspettavo di veder entrare, come tanti anni fa, il sindaco, una donna dagli occhi abbassati, tutta chiusa nel suo scialle nero: ma ora il sindaco è un altro. I muri delle case sono pieni di scritte contro la guerra atomica, con invocazioni a Dio: GESÚ SALVACI DAL TERRORE AMERICANO!

Lasciamo l'uomo delle invettive per entrare in un vicolo e girare alla riscoperta: vento allora e vento oggi. Orune è tutto l'anno battuta dai venti; ma quello d'ora è di ghiaccio. Le case del mio amico archeologo, dove un tempo mi ero fermato, sono chiuse: egli è lontano, e suo padre e sua madre, pastori, sono morti. Né ritroverò piú i ragazzi che seguivano nella corte gli alti fanciulli mostruosi dalle teste microscopiche, né i latitanti nascosti nelle case, né verrà il bambino che mi portava le piccole cornacchie trovate nel bosco. Né ritroverò la casa del muratore, dove avevo passato la notte, salendo alla mia stanza con una scala a pioli appoggiata alla finestra; né la *cucina vecchia*, né i suoi lunghi incontri di poeti. Anche Antonio Tola, il famoso verseggiatore dagli occhi strabici nel faccione rotondo, che mi aveva cantato le antiche bardane, le imprese e le glorie di Orune, è morto.

Altri, molti, sono partiti: i contadini e le donne, e poi anche i servi-pastori, e i pastori, ora che i prezzi del latte sono precipitati. Il rovaio spazza le strade. Scende la notte. Un grande maiale squartato sta appeso, come un trofeo barbarico, nell'androne semibuio della casa del macellaio.

Il giro dei vicoli ci riporta alla piazza del municipio, davanti a una casupola che la chiude da un lato. È la scuola. La porta, malgrado il freddo, è aperta: entriamo. È una stanzetta piccolissima, piena di bambine colorate, coi capelli sparsi di nastri vermigli, gli occhi acuti, vivacissimi e neri nel cerchio nero delle ciglia, e le guance rosate, come una raccolta di frutti primaverili visitati dalle farfalle, e visi arguti e saggi, prontissime alla risposta. Sotto lo sguardo della signorina, la maestra dai capelli bianchi, si preparano a uscire; e invadono la piazza correndo, tenendosi per mano, con le trecce mosse dal vento.

Quando è scesa la notte, a Orune, e il vento arriva gelido da Santandria, e pare risalga il monte come qualcuno che corra su per l'erta con un suo fascio di spine pungenti, e le pozze d'acqua per terra si ricoprono di una crosta di ghiaccio che scricchiola sotto i piedi, al lume giallastro dei radi fanali, e chi s'incontra per via invita a bere qualcosa, ci si rifugia volentieri, intirizziti, in un bar. Si resta in piedi a parlare, aspettando il bicchierino; i giovani parlano dei luoghi lontani dell'emigrazione, della crisi della pastorizia, delle riunioni per il piano di Rinascita, delle vicende del paese.

Seduti su una panca bassa, vicino alla porta, due vecchi pastori, vestiti di pelli di pecora, con le brache bianche, la uose, *sa berritta*, il bastone in mano, stanno lí, fermi e silenziosi, come pietre o statue barbariche. Uno ha un viso selvatico e nero, duro di lineamenti, concentrato in occhi immobili, in pieghe bruciate di sole tra la vegetazione robusta delle sopracciglia e dei baffi. L'altro, il piú vecchio, ha un volto sottile e arguto, chiaro di pelle, bianco di barba, con occhi vivaci pieni di astuzia e di intelligenza. Rispondono, come antichi padri, ai saluti dei giovani e dello straniero, e parlano volenteri di quello che qualcuno chiede.

È il bianco che parla, con la compostezza e la misura di un saggio. Il nero consente, conferma, e sorride anche talvolta, immobile in una sua assenza che sembra considerare le parole inutili ornamenti del tempo. Il bianco parla della caduta del prezzo del latte, che è dimezzato, delle difficoltà del lavoro, ma senza alcun tono drammatico, come di chi queste cose le ha viste, prevedute e patite chissà quante volte nella sua vita. Parla di quegli uomini antichi, dei nuraghi, e di coloro che ora vanno per le campagne a ricercarli e scavarli, parla delle notti dei pastori, soli nella campagna buia. Poiché qualcuno accenna ai furti di pecore, gli occhi gli si socchiudono di intesa e di arguzia, come se ricordi allegri della valente giovinezza gli apparissero alla mente. Certo, bisogna essere esperti nell'arte di afferrare, e in quella di legare le zampe della bestia perché non fugga e non faccia rumore. *Sa tropeia*, il legame o la pastoia, si può fare in tanti modi, con ogni sorta di cose. Anche il fazzoletto da tasca può servire, dice. E sventola un suo fazzoletto a quadri, sorridendo. Per afferrare si può anche fare in mille modi. Basta un lungo ramo di rovo che si attacca alla lana e si tira trascinando l'animale sopra il recinto. Certo, nella notte nera può capitare di buttare il rovo e di sentire che la pecora non viene e pesa: è troppo grassa, e invece di belare, bestemmia: il rovo ha afferrato il pastore, vestito di pelli, che dorme per terra, in mezzo al gregge come una pecora. Il vecchio lascia intendere, senza dirlo, che questa avventura sia capitata a lui: ma è una storia classica dei pastori; e chi dice sia avvenuta a Orune, e chi invece a Bitti.

Gli amici mi portano a vedere la fontana sotto la piazza, legata al ricordo di Grazia Deledda; e di qui la casa dove visse e morí lo studente, protagonista del romanzo *Colombi e sparvieri*. Qui la giovane Deledda veniva a trovare il suo amico. Nella stanza una vecchia racconta i suoi ricordi della scrittrice, e mi canta gli *attittos* cantati allora per il lamento funebre dello studente, che le era nipote: in un angolo sua figlia allatta il bambino sotto gli occhi del marito.

Scendiamo ora dal maestro cieco, che preparerà qualcosa per la cena. Passiamo con l'automobile per i vicoli, nella parte bassa del paese, e ci fermiamo in uno slargo, davanti a una porta da cui trapela una luce. La porta si apre, qualcuno appare sulla soglia, con viso ansioso e interrogativo. Gli amici si scusano di essersi fermati lí. Non avevano pensato, in quella stradetta oscura, che la sola casa illuminata era quella di una famiglia in attesa angosciosa, e che l'arrivo di una macchina li avrebbe turbati. Il giovane figlio di quella famiglia era scomparso da tre giorni. Veniva dal Continente, era sbarcato dalla nave a Olbia, lo avevano visto sul molo mentre aspettava la partenza dell'autobus, si era allontanato un momento, ed era sparito. Forse il vento furioso di quei giorni lo aveva spinto in mare? O era stato rapito? In quella casa vegliavano, aspettando.

Traversato lo spiazzo, ci aspettava la casa del cieco: una stanza nuda, col focolare acceso: la madre e la sorella affaccendate e silenziose; e noi, l'amico nuorese, l'anziano pastore capopaese, e un giovane pastore. Si arrostiscono sulle fiamme le salsicce e il formaggio, e comincia la lunga serata. A poco a poco, ciascuno inventando, o ritrovando nella discussione argomenti e notizie, si cerca di ricostruire la storia recente di Orune. Ciascuno ha il piacere di scoprire, parlando, incerte verità. Orune è cambiata, dicono: trent'anni fa era un paese di contadini. Oggi non ci sono piú contadini, tutti sono ritornati pastori, se non sono emigrati. L'antica lotta fra il mondo contadino e il mondo pastorale, che è ancora il fondo della vita della Barbagia, sembra risolto ora, contro la generale tendenza, in favore del secondo. Ma anche la pastorizia è in crisi.

Dice il pastore anziano che trent'anni fa, a Orune, c'erano quattrocento gioghi, quattrocento coppie di buoi da lavoro, che voleva dire almeno quattrocento famiglie contadine. Verso il 1940 i gioghi erano soltanto piú duecento. Adesso sono tre in tutto (sono sei, fa notare Salvatore, il pastore giovane, ma tre coppie appartengono a pastori). I contadini sono tutti scomparsi.

Tutti entrano nella discussione. Cento anni fa, dice il cieco, pare che Orune fosse un paese di pastori, che poi divennero contadini. Come avvenne? È stata la grande guerra mondiale, dice l'uno. Una volta tutto il territorio era di boschi. I pastori avevano vacche e maiali, non c'erano pecore fino a quel tempo, perché non c'erano prati e pascoli, ma querce. Con la distruzione dei boschi, nella grande guerra, vennero le pecore, e vennero i contadini a coltivare le terre diboscate. Prima del '900, conferma l'anziano, per sapere come stavano le cose, basta ricordare una vecchia ninna-nanna, che tradotta dice:

> Al figlio mio per dote
> se lo posso coniugare
> che cosa potrò dargli?

> Pecore da latte con quelle che figlieranno a primavera
> e mille scudi se potrò
> casa e vigneto gli darò
> per poterlo coniugare.

Perché vigneto? Perché i vigneti appartenevano qui soltanto ai ricchi pastori, gli «armentari»: il contadino, dicono, non aveva vigneto. E le terre erano quasi tutte comunali. I pastori non avevano cooperative, non ci furono fino al dopoguerra. Ma il cambiamento come avvenne? È stato il ritorno degli «americani», nel 1915, alle armi: avevano portato i danari, ma non comperavano greggi, che non si potevano mantenere, ma compravano invece gioghi da lavoro. Poi ci fu la promessa della terra ai combattenti, a quelli della Brigata Sassari: la terra a chi la lavora. È la guerra che ha cambiato le cose.

Si discute se i pastori che partivano per il fronte avessero dovuto vendere il gregge: si cita come documento una poesia sulla polizza dei combattenti. E poi è venuta la battaglia del grano. Quando Orune era diventata un paese di contadini venne la crisi dell'agricoltura. I contadini dovettero tornare a trasformarsi, secondo il cieco, in braccianti e in servi-pastori, che avevano per salario dodici o ventiquattro pecore all'anno; oppure, secondo l'anziano, in pastori e in pastori-contadini che univano l'una e l'altra attività; e infine i contadini sono scomparsi del tutto, e tutti sono ritornati pastori e servi-pastori poveri.

Si fa il conto degli abitanti del paese: li conoscono tutti, uno per uno. Sul terreno comunale ci sono 167 pastori, altri sugli altri terreni, in totale sono da trecento a trecentocinquanta, più sessanta che fanno i pastori nelle terre del Lazio; insomma i pastori sono circa quattrocento. I braccianti sono, chi dice centocinquanta, chi quattrocento, comprendendo o no quel centinaio che lavorano a Nuoro; di artigiani e operai ce ne sono cento, gli emigrati all'estero sono centosettanta; duecento ragazze fanno le domestiche a Roma; tra bambini e studenti sono milleottocento. Contadini nessuno: i bar sono ventisei.

Cosí gli amici analizzano e scoprono da soli la composizione del loro paese, e la sua storia (che importa, se incompleta o parziale?), con l'ondulante vicenda delle terre e delle occupazioni, il trasformarsi alterno dei contadini in pastori e viceversa, e la dura risorsa della fuga, e l'incidere delle lontane vicende del mondo sulla vita degli uomini, in questa terra remota. È una storia che si va facendo in loro, e precisandosi mentre parlano, dove i documenti sono la memoria, la poesia popolare, i modi del costume, come *sa socía*.

I pastori, una volta, che allevavano greggi di maiali, tanti anni fa, usavano ammazzarli tutti in un giorno, e mettevano tutto il lardo in casa, mentre ciascuno distribuiva un po' della carne al vicinato. *Sa socía*, o *succía*, dice l'uno, viene da succhiare, consumare tutto in un giorno. Oppure viene, dice l'altro, da società. Sarà cosí? – *Suzía*, – conclude il pastore, – è una parola antica.

Avevo dormito a Orgosolo, su un letto preparato vicino al focolare dove ancora ardevano le braci sulle quali, alcune ore prima, avevamo arrostito un capretto. Fuori, dopo la tempesta del pomeriggio e la neve della sera, soffiava un vento glaciale. Partimmo che era ancora notte fonda: c'era una lunga strada da fare. Il cielo pareva andarsi liberando dalle nuvole, spazzate dall'alta violenza del vento, qualche stella ritardataria si spegneva tra le brume, e noi, con i fari accesi, ripercorrevamo ancora una volta la strada di Locoe, e le sue svolte da agguato.

A Nuoro, gli ultimi fanali aspettavano il crepuscolo dell'alba, nelle vie deserte. Salivamo verso Orune, per la strada della montagna coperta di ghiaccio, nel primo schiarirsi grigio dell'aurora: lenti su quelle curve, in una discesa sconfinata che prendeva, per quel tempo e in quell'ora, un aspetto emozionante di solitudine selvaggia. Il grande inverno aveva fissato ogni cosa nell'immobilità delle pietre. Il vento, per giorni e giorni, aveva spinto la neve con le sue furie, in modo da ammucchiarla e schiacciarla e indurirla su ogni oggetto, ogni tronco, ogni roccia, in una sola direzione; i pascoli si erano coperti di una crosta bianca e azzurra di ghiaccio, su cui turbinavano ancora i minuti ghiacciuoli staccati dalle fronde delle querce. Le rocce e le piante erano come ossami bianchi e neri, variegati e dipinti dal gesto ostinato dell'aria mulinante. Gli alberi, coi tronchi e le chiome imbiancati da una parte e nereggianti dall'altra, stavano interiti nel gelo, chiusi blocchi solidificati e duri, come se i loro atteggiamenti non dovessero potersi mutare mai piú. Nell'alto silenzio pareva di udire un lontano scricchiolio, un lamento di vetro: si sarebbe detto che quegli esseri vegetali, immobilizzati e serrati nella stretta del gelo, si sarebbero spezzati d'un tratto, solo a toccarli. Dorsi di monti mai prima visti apparivano, sparsi di immobili costellazioni di pietre e di piante cristallizzate in boschi inaccessibili di ghiaccio. Nessun rumore o voce o vestigio di vita, né di uomini, né di uccelli, esisteva in quella desolata solitudine percorsa dal vento. Soltanto, a una svolta, dove ci fermammo un momento a camminare sul ghiaccio scricchiolante, tra sugheri contorti e lecci neri, apparve improvvisa, con un suo profondo, femminile pianto, una bruna vacca perduta, con le narici fumanti, a cercare forse un impossibile filo d'erba.

Orune brillava ora, ancora addormentata, sotto di noi: la solitudine continuava, ancora piú aspra, come una Siberia immaginaria di montagne, da cui, nel grande gelo, fossero fuggiti tutti gli esseri viventi, tranne quella vacca sola. Ma già un primo raggio pallido di alba faceva scintillare le distese nevate, quando, come al termine di un lungo viaggio lunare, atterravamo, nella luce crescente, alla larga piazza infossata di Bitti, e alle sue strade ancora semideserte.

Torniamo a salire, oltre Bitti, verso il passo Nuria e le sorgenti del Tirso. Sulla destra, al di là di una sorta di acquitrino ghiacciato, sorge un nuraghe in rovina, rifugio di pastori, di cui, nel silenzio, vediamo le tracce recenti. Il sole si alza. Rinascono i chiari colori della terra di Sardegna, e il tenero verdegrigio dei pascoli tra le piante oscure, davanti a lontane bianche muraglie di monti sconosciuti. Ormai la strada è quasi sgombra e asciutta, e possiamo finalmente correre, oltre Buddusò, senza mai incontrare nessuno, verso Pattada, alta sul colle e solenne, dove incrociamo le prime greggi e i primi pastori. Ma le sue donne, celebri di bellezza, che vengono chiamate, per gioco, mi dicono, «culimanne», ci restano tutte invisibili. Finché, col giorno alto e col sole, scendiamo, per la strada a giravolte tra le case, nel centro di Ozieri.

Quale illusorio senso di tepore ci avvolge, sulla piazza battuta dalla tramontana, nei caffè gremiti di folla, nelle vie cittadine con le lapidi sulle facciate, nella panetteria dove cerchiamo invano la «carta da musica» sottile e croccante dei villaggi, cotta due volte, e dobbiamo accontentarci di una piú spessa e dura, piú civilmente grossolana, senza la selvatica raffinatezza dei pastori!

La nera Barbagia è ormai dietro di noi, chiusa nel suo mantello di gelo, nel suo tempo remoto, nel suo mondo arcaico di animali, di boschi, di riti, di leggi e di solitudine; fatta a volte feroce, nel suo isolamento, dalla condizione subalterna di segregazione coloniale; mossa nel suo interno da forze nuove, nate in lei, che creano nuovi fini alla vita e nuovi problemi, e il dramma per cui l'antica legge non è piú certa nelle coscienze, e quella che era norma sicura e indiscussa, secolare giustizia, può sembrare ingiusta, non soltanto all'occhio estraneo e incomprensivo dello straniero, alla sua legge e al suo rifiuto, ma all'animo stesso del paese, al suo sentimento collettivo, alla volontà dell'operaio figlio di pastore, e anche, forse, al cuore del latitante, solo come una fiera tra le rocce inaccessibili. Pensiamo alla profondità della sua tragedia, a quegli uomini che nascono e muoiono, e vogliono rinascere e risolvere i loro problemi economici e sociali, e sono lasciati soli in questa lotta, a farsi, da soli, nell'incertezza dell'esistenza, una nuova cultura; non aiutati, ma spinti piuttosto e quasi costretti talvolta dalla forza di un mondo ostile a deviare dalle strade intuite e possibili e a rinchiudersi, per dignità o per terrore, in un costume non piú indiscutibile. Ci sembra di aver fatto, in queste poche ore della mattina, un lungo viaggio, una traversata.

Ora siamo qui, in questa cittadina sperduta di cinquemila abitanti, che ha venticinque medici. Il venditore di giornali sulla piazza, un uomo dal viso di faina, mi fa un lungo, confuso racconto, pieno di complessi rancori, della sua prigionia e dei mali che gliene sono derivati: un discorso violento, di generico odio contro gli inglesi, gli stranieri, il mondo intero. Se non avessimo fretta di ripartire, potremmo intendere il senso di questo sfogo, che è un fatto individuale, simile ai mille altri di altri luoghi, e non piú parte di un mondo comune, il muto, orgoglioso lamento del pastore.

Il pallido oro del sole e l'azzurro chiaro del cielo ci accompagnano, e la sferza del vento ci spinge in corsa per le pacifiche distese del Logudoro. Andiamo per la mite, splendida, grigia campagna di olivi: già siamo a un'ultima salita, ripida di curve sul monte, e entriamo a Sassari.

Sulla grande piazza centrale, che è la sala d'incontro della città, passeggiano, malgrado il vento tagliente, come ogni giorno, gli studenti, le ragazze, gli avvocati, i professionisti, e si rifugiano nei caffè a ripararsi dalle raffiche e a conversare. Nella strada in discesa, di fianco alla cosiddetta «zona verde», sulle panchine, stanno seduti immobili, coi visi arrossati, coppie di giovani innamorati, refrattari alla inclemenza del tempo.

Nelle case di nuovi e vecchi amici, ci avvolgono echi di politica locale, ma soprattutto discorsi acuti e sofferti di seri problemi della vita della Sardegna, della sua cultura, del suo futuro, da parte di uomini intellettualmente appassionati. Quando lasciamo Sassari, dalla strada alta tra gli ulivi ci fermiamo a guardare la distesa della Nurra, e la lunga costiera di Porto Torres, e il mare, solitario come la terra, col suo bianco bordo di spume.

Tra la Nurra e l'Anglona, oltre Sennori e Sorso, la strada scende verso il mare sempre piú vicino, nella campagna mediterranea di ulivi e di macchie, e lo raggiunge, e corre sulla costa elevata, verde e azzurra, senza persone né paesi, fino a Castelsardo, appoggiato sul suo breve promontorio battuto dai venti. È il mezzo della giornata, in questa stagione cosí breve. Ci fermiamo appena a mangiare qualcosa, in fretta, ansiosi della terra sconosciuta del nord.

Poco piú avanti, sulla strada che torna nell'interno, verso Sedini, c'è, isolata e strana in un mite paesaggio di campi, la famosa roccia chiamata l'Elefante; strana per il luogo e per la sua forma di animale primitivo, con la testa e l'occhio, e la lunga proboscide mossa come in un antico barrito, e le orecchie pendenti come foglie, e l'inizio del dorso che esce dalla terra, quasi una delle statue di animali che popolano i campi della Cina. Non è soltanto una bizzarra somiglianza: scavata nell'interno come una conchiglia, è una *domus de jana*, una casa delle fate, un sepolcro arcaico. Ci arrampichiamo sulla roccia e, chinandoci, entriamo nel vestibolo, su cui danno le stanzette buie, e dove sono scolpiti antichi segni, immagini di divinità sotterranee, sacre corna di toro nel corpo dell'elefante.

In altre *domus de jana*, piú oscure e segrete, ero entrato dieci anni fa, scivolando carponi per terra, e introducendomi come un serpe nella stretta apertura nascosta, nei dintorni di Macomer. Dentro, ero rimasto solo, nel buio piú nero, sentendo sul viso passare come palpebre qualcosa che erano forse invisibili ragnatele. Al breve lume di un cerino, sulla pietra della parete, anche là avevo visto quella forma ricurva, tagliata in mezzo da una verticale: corna di toro, o piuttosto l'immagine di un uomo o di un sesso: discorsi perduti e fissati nei millenni. Gli amici di allora erano rimasti nel sole, ma, di quel sole, neanche la piú piccola scintilla entrava nell'ombra assoluta della casa delle fate. Ed io stavo lí, chinato sotto la volta bassa, scomparso del tutto ed avvolto in quella dura caverna fatta per i piccolissimi morti di un tempo morto, felice in quel totale nascondiglio. Nella luce fioca di un altro fiammifero vidi che la pietra del soffitto, contro cui quasi battevo il capo, era piena di grige forme pendenti, come immobili stalattiti. Ne toccai una, e riconobbi, al ribrezzo, l'animale addormentato. Erano pipistrelli: gli abitatori delle grotte preistoriche, come quella che porta il loro nome in faccia alla Gravina di Matera. Avvolti nelle loro ali dormivano da chissà quale tempo. Ne afferrai uno con la mano, lo avvolsi nel fazzoletto, annodai le cocche come un sacco o un canestro, e tornai, strisciando, nel mondo. Portai con me quella bestiola, dal muso feroce di topo, nella mia casa di Roma, la misi in una gabbia appesa al soffitto, nella vana speranza che qualcuno dei mille moscerini volanti passasse alla sua portata, e cercai anche di fornirgliene; e lo guardai attento muovere le ali, scrutandolo, come in un esperimento dello Spallanzani. Ma il suo luogo non era lí, in quella moderna prigione, migliaia di anni lontano dalla sua casa remota. L'indomani era morto.

Dopo il bivio, in mezzo ad altre campagne disabitate, alle porte del paese di Perfugas, vediamo persone che si affacciano dalla strada, verso la campagna: un terreno spianato, con due porte per il gioco del calcio. Coppie di fidanzati, con gli abiti della domenica, ragazzi in bicicletta, pastori in velluto: un minimo gruppo di spettatori. Sul campo giocatori si allenano, in attesa, forse, della squadra avversaria. Vorremmo anche noi restare, e aspettare quella straordinaria partita nel vuoto. Ma il tempo del sole ci affretta verso Ponte Coghinas, e piú in là, tra scanditi paesaggi sconosciuti, Tempio Pausania, nobile di architetture, nel cerchio dei suoi monti. E già siamo nel cuore della Gallura, verso la punta estrema della Sardegna, nella grande solitudine popolata di pietre.

È un mondo originario, che sembra un immenso tempio in rovina, una Selinunte sconfinata, dove le colonne spezzate e accatastate dai terremoti si stendono all'infinito, come un enorme geroglifico che racconta una storia finita di vivere: un luogo di forme parlanti un linguaggio non piú inteso, simili a greggi, animali, giganti. Non sono le pietre su cui è passata la mano della storia, le *perdas fittas*, fissate, collocate, in qualche modo, dalla ragione o dalla religione. Sono simboli e parole della natura: intoccate, silenziose parabole, dove la pietra contiene ogni aspetto di una esistenza indifferenziata: ognuna come una persona che vada cercando la propria espressione per uscire fuori dalla caotica identità, e sia rimasta pietrificata nel corso di questo sforzo, contenendo in sé mescolate tutte le immagini possibili. Questo cimitero smisurato di parole non dette, di immobili possibilità, si stende tra pascoli radi, una vegetazione cupa e fitta di lecci, di querce, di macchia compatta, coni di monti, creste e alture isolate su cui salgono le greggi di pietra. In questa terra si direbbe che gli uomini non fossero vissuti mai: unici abitatori possibili i radi pastori solitari, che passano e non lasciano tracce.

Dopo Bassacutena qualcosa nell'aria ci avverte dell'avvicinarsi del mare, e appare la costa lontana, mossa di insenature; torniamo ad addentrarci tra pascoli e rocce, in un paese di silenzio su cui si stende (ancora inavvertito come un pericolo) il sogno rumoroso del futuro turismo. La palla del sole rosseggia alla nostra sinistra quando arriviamo a Santa Teresa di Gallura, e ci affacciamo sul mare che urla battendo sulle rocce, e ingolfandosi nelle caverne furente, e sublime di incorrotta potenza, in quell'ora occidentale che tinge gli scogli e le spume: ma il vento è tale che non reggiamo a lungo a contemplarlo.

Nel crepuscolo della sera siamo a Palau, sulla riva. Una fila di isole azzurre chiudono l'orizzonte: Spargi, La Maddalena, Santo Stefano, Caprera. Brillano i lumi della città della Maddalena, oscura a destra alza Caprera il suo profilo. È ormai notte. Ad Arzachena non potremo vedere la Tartaruga di pietra, tra le altre rocce che popolano la campagna. Dopo San Pantaleo torniamo su una costa che è una gigantesca architettura del granito e del vento. Pure stelle gremiscono il cielo vicinissimo e lucente, una stella filante lascia un momento, nel buio, la sua traccia luminosa.

Quando arrivammo a Olbia, era ormai notte. Era la fine del viaggio: la nave su cui mi sarei imbarcato aspettava nel porto. La giornata intera era stata, fin dall'ora ancora buia che precede l'alba, una corsa continua nel ghiaccio, nel vento, in paesi e città isolati e lontani, e distese solitarie, popolate di pietre. Tutto era stato occhi, continua visione degli aspetti di uno spazio di intatta natura, forme di un tempo perduto, non viste da altri sguardi che quelli attoniti del pastore, o delle molteplici rosse guardate dei greggi; di un vocabolario di granito che conosce soltanto le parole del vento e del sole, che lentissimi lo mutano nel corso delle epoche, e che è lí, gremito di immagini immobili e silenziose, da un passato cosí lontano che l'immaginazione vi si smarrisce.

Attraverso questa popolazione di rocce, come in un sempre nuovo museo preistorico, avevamo corso senza fermarci, e col passare delle ore eravamo entrati nel fondo di quel paese muto, ci eravamo riempiti del suo silenzio, del suo colore, che è quello delle cose sempre esistite, dello stingersi del sole sulla terra: il colore, chiaro e senza contrastanti minuzie, delle vicende eternamente ripetute; finché l'ombra aveva avvolto ogni forma, grigie parvenze di ossa, o velli di pecore addormentate sotto un immenso mantello di pastore notturno, e le stelle, e la luna al notturno pastore compagna. In quell'aria ormai bruna sempre piú eravamo penetrati dall'incanto lunare e pastorale della presenza dolente di una vita che ripete le sue domande e il suo lamento fuori della storia. Cosí stavamo in silenzio, scrutando l'oscura costiera con occhi intenti nel buio, mentre l'automobile ci trascinava sempre piú veloce.

Olbia splendeva di lumi, di confusa animazione: un luogo di partenza, un altro mondo apparso improvviso appena usciti dalla macchina a muovere i primi passi sul selciato. Non era già piú, veramente, Sardegna. Voci romane si intrecciavano nell'aria, nei bar affollati della domenica sera: la gente aspettava alla televisione le notizie delle partite. La Juventus, che cosa aveva fatto la Juventus? Tutti trepidavano per la squadra amata. Nel porto pieno di gente ammantellata, accampata al freddo, in attesa con la pazienza degli emigranti, ingombro di camion, di merci, di vagoni, di movimento incomprensibile, gli sportelli dei biglietti non erano ancora aperti. La nave stava alla banchina, nera sull'acqua nera.

In città, i negozi di regali, di artigianato, di giocattoli brillavano, in quella antivigilia di Natale, per chi partiva o per chi restava. Una folla mista di continentali e di sardi passeggiava al freddo. Nel piccolo ristorante si mangiavano piatti romani, i tavoli erano disposti in modo che tutti potessero vedere la televisione: i bambini in prima fila, davanti all'apparecchio. C'era la partita, la Juventus vinceva, tutti erano felici. La vaga nazione errante dei pastori, oltre il cerchio della notte, pareva ormai quasi improbabile.

I compagni che erano con me attorno al tavolo la portavano tuttavia tutta in sé, erano il segno della sua esistenza. Vi sarebbero tornati tra poco, appena io fossi salito sulla nave, viaggiando nella notte, attraverso il mondo addormentato di pietra, fino alle loro case lontane, in Orgosolo dimenticata. E avrebbero ritrovato, come la loro casa, quella terra di lotte e di contrasti, di difesa e di contraddizioni, per rivivere, in ogni ora della giornata, una comune sorte remota: la loro parte della tragedia dei tempi diversi, fatta di chiusura orgogliosa, di incomprensione, di violenza e di speranza, nel difficile coesistere di due ritmi opposti: quello ondulante del gregge e della luna, quello matematico dell'orologio, nei paesi nascosti sotto i monti inaccessibili, che sono come le cime del flutto all'urtarsi gonfio di due fiumi confluenti.

Ci saremmo separati fra poco per seguire ciascuno il suo diverso destino, dopo esserci incontrati un giorno come fratelli, e aver vissuto insieme e visto insieme, con uguali occhi, le cose, riprendendo ciascuno, non senza rimpianto, la propria strada e le proprie misure. Sempre la tentazione è di restare insieme, chi per fuggirsi, chi piuttosto per ritrovarsi. Ma il tempo è troppo breve, e forse basta un istante per farlo, in una cosa, durare per sempre.

Pareva di doverci dire tutto in quell'ora cosí corta, prima della partenza, nel ristorante con la televisione e la partita. Parlavamo del piano di rinascita sarda, della necessità di fare in modo che se ne conservasse e sviluppasse il carattere di iniziativa autonoma per zone, di attiva partecipazione popolare, di movimento, di rinnovamento dal basso, e dei pericoli che la grande occasione che si apriva andasse, ancora una volta, perduta in progetti paternalistici e astratti, che non modificassero davvero, se non dal di fuori, la vita della Sardegna; parlavamo dei minatori che scioperavano, degli emigranti che dovevano strappare le proprie radici come alberi per un trapianto e che lasciavano vuoti i campi e i paesi, della campagna chiusa e distrutta dal gelo, dell'eterna vita dei pastori, non aiutata a mutarsi coi tempi, in contrasto coi tempi, delle sue disperate difese e persistenze, della sua barbara giustizia. Si parlava di tutto, dell'isola e dei suoi problemi, con la fretta di chi vorrebbe dire ogni cosa; e sentivamo che quello che volevamo dire e che ci mancava era qualche cosa d'altro, che stava piú in là di quei problemi, che li spiegava e li apriva, aprendo noi a noi stessi. E allora tacevamo e posavamo l'occhio alla partita.

Mi si volgeva in mente il ritmo di un canto funebre ascoltato a Orune, dove il morto, il figlio, è il miele della casa, che la padrona ha perduto. Lo avevo trascritto sul mio taccuino con altri, ma già piú non lo intendevo del tutto nella sua lingua sarda. Tornai a decifrarlo con l'aiuto degli amici. C'era il miele prezioso, pulito e netto, c'era la volpe della morte che compariva in fine. Discutevamo le parole, la grafia, il senso. Era un lungo *attittu*, che cominciava, all'incirca cosí:

> Biditela sa mere
> ande cheres de mele
> si'nde cheres de latte
> como tinne dat attere.
>
> Su mele puzoninu
> chi como t'es finidu

> su mele de sa chera
> chi bundabat che bena.
>
> como pius non d'asa
> totu inidu che l'asa

che in italiano traducevamo, in fretta, e non letteralmente, in questo modo:

> Tu vedi la padrona
> e vorresti il tuo miele
> ma soltanto del latte
> ora ti potrà dare.
>
> Il miele degli uccelli
> ora è tutto finito
> scorreva dalla cera
> la tua vena di miele
>
> ora piú non ce l'hai
> ora è finito tutto.

Ci salutammo in fondo alla scaletta della nave, amici veri che si abbracciavano, lasciandosi. La nave *La città di Nuoro* si era messa in moto; senza che me ne accorgessi, nell'acqua nera del porto. Fuori, oltre le isole, il mare era spaventoso di onde e di vento; ed io, che non l'ho mai sofferto, temevo questa volta di doverne patire. Ma *La città di Nuoro* andava diretta tra i marosi, ed io stavo cullato nella mia cabina, nel ritmo dell'*attittu*:

> Il miele degli uccelli
> ora è tutto finito
> ora piú non ce l'hai,
> ora è finito tutto...,

finché caddi in un profondo sonno, e non mi svegliai che all'alba, nel porto di Civitavecchia, col biancheggiare delle case al primo lume dell'alba.

*Stampato per conto della Casa editrice Einaudi
presso le Officine Fotolitografiche s. p. a., Casarile (Milano)*

C.L. 38752

Ristampa	Anno
5 6 7 8 9 10 11 12	87 88 89 90 91 92 93

Nuovi Coralli

Ultimi volumi pubblicati

191 Brignetti, *La riva di Charleston*.
192 Sciascia, *Candido ovvero Un sogno fatto in Sicilia*.
193 Cavani, *Al di là del bene e del male*.
194 Bonfantini, *L'amore di Maria e altri racconti*.
195 Quarantotti Gambini, *L'amore di Lupo*.
196 Frisch, *Montauk*.
197 Altman - Tewkesbury, *Nashville*.
198 Calvino, *Le Cosmicomiche*.
199 Bataille, *L'azzurro del cielo*.
200 Walser, *L'assistente*.
201 Altman, *Tre donne*.
202 Celati, *La banda dei sospiri*.
203 Pugliese, *Malacqua*.
204 Troisi, *Diario di un giudice*.
205 Carafa, *Il ponte nel deserto*.
206 Maraini, *Mangiami pure*.
207 Flaiano, *Melampo*.
208 Zei, *La tigre in vetrina*.
209 Romano (Lalla), *Pralève*.
210 Jovine, *Signora Ava*.
211 Wright, *Ragazzo negro*.
212 Forster, *Passaggio in India*.
213 Doderer, *Le finestre illuminate ovvero Come il consigliere Julius Zihal divenne uomo*.
214 Borges, *Finzioni. La biblioteca di Babele*.
215 Soriano, *Triste, solitario y final*.
216 Stuparich, *Guerra del '15*.
217 Celati, *Lunario del paradiso*.
218 Leonetti, *Conoscenza per errore*.
219 Saba, *Ernesto*.
220 Brecht, *Me-ti. Libro delle svolte*.
221 Rigoni Stern, *Storia di Tönle*.
222 Pizzuto, *Signorina Rosina*.
223 Rota Fo, *Il paese delle rane*.
224 Bioy Casares, *Dormire al sole*.
225 Kawabata, *Il paese delle nevi*.
226 Stuparich, *Un anno di scuola* e *Ricordi di istriani*.
227 Borges - Guerrero, *Manuale di zoologia fantastica*.
228 Soriano, *Mai piú pene né oblio*.
229 Hemingway, *Verdi colline d'Africa*.
230 Bonaviri, *Il fiume di pietra*.
231 Cortázar, *Ottaedro*.
232 McEwan, *Primo amore, ultimi riti*.
233 Huxley, *Giallo cromo*.
234 Fortini, *I cani del Sinai*.
235 Leonetti, *In uno scacco (nel settantotto)*.
236 Levi (Primo), *Storie naturali*.
237 Salinger, *Franny e Zooey*.
238 Šklovskij, *Zoo o Lettere non d'amore*.
239 Malamud, *L'uomo di Kiev*.
240 Anderson, *Un povero bianco*.
241 Barthelme, *Il Padre Morto*.
242 Brecht, *Il romanzo da tre soldi*.
243 Collura, *Associazione indigenti*.
244 Pucci, *La volanda*.
245 Cordero, *Passi d'arme*.
246 Böll, *L'onore perduto di Katharina Blum*.
247 Peyrefitte, *Le amicizie particolari*.
248 Bulgakov, *Racconti*.
249 Ventrella, *Affabilità*.
250 Beckett, *Primo amore - Novelle - Testi per nulla*.
251 Brizzolara, *Temporale Rosy*.
252 Bergman, *L'uovo del serpente*.
253 Hemingway, *Avere e non avere*.
254 Fukazawa, *Le canzoni di Narayama*.
255 Beckett, *Murphy*.
256 Raucat, *L'onorevole gita in campagna*.
257 Gadda, *Giornale di guerra e di prigionia*.
258 Beckett, *Come è*.
259 Anonimo Triestino, *Il segreto*.
260 Vassalli, *Abitare il vento*.
261 Breton, *L'amour fou*.
262 Caselle, *Fui chiamato dal presidente*.
263 Fenoglio, *L'affare dell'anima*.
264 Schädlich, *Tentativi di avvicinamento*.
265 Leonetti, *L'incompleto*.
266 Quarantotti Gambini, *I giochi di Norma*.
267 Musil, *Incontri. Due racconti (1911)*.
268 Prato, *Giú la piazza non c'è nessuno*.
269 Benjamin, *Sull'hascisch*.
270 Böll, *Il nano e la bambola*.
271 Beckett, *Teste-morte*.
272 Maraini, *Donna in guerra*.
273 Benjamin, *Immagini di città*.
274 Beckett, *Racconti a teatro*.

275 Thomas, *Molto presto di mattina*.
276 Céline, *Colloqui con il professor Y*.
277 Mandel'štam, *Il rumore del tempo. Feodosia. Il francobollo egiziano*.
278 Gass, *Nel cuore del cuore del paese*.
279 Platonov, *Ricerca di una terra felice*.
280 McEwan, *Il giardino di cemento*.
281 Sontag, *Io, eccetera*.
282 La Cava, *Caratteri*.
283 Tadini, *L'Opera*.
284 Romano (Lalla), *Maria*.
285 Puig, *Pube angelicale*.
286 Rigoni Stern, *Uomini, boschi e api*.
287 Terruggi, *Luisa e il Presidente*.
288 Dürrenmatt, *La caduta*.
289 D'Arzo, *Casa d'altri e altri racconti*.
290 Queneau, *Pierrot amico mio*.
291 Soriano, *Quartieri d'inverno*.
292 Benjamin, *Infanzia berlinese*.
293 Mancinelli, *I dodici abati di Challant*.
294 Cortázar, *Storie di cronopios e di fama*.
295 Musil, *Pagine postume pubblicate in vita*.
296 Fo Garambois, *La ringhiera dei miei vent'anni*.
297 Ramondino, *Althénopis*.
298 Rigoni Stern, *Quota Albania*.
299 Arguedas, *I fiumi profondi*.
300 Quarantotti Gambini, *I nostri simili*.
301 De Carlo, *Treno di panna*.
302 Bergamo, *Addio a Recanati*.
303 Ribeyro, *Niente da fare, Monsieur Baruch*.
304 Cassola, *Tempi memorabili*.
305 Schmidt, *Alessandro o Della verità*.
306 Bonaviri, *Il sarto della stradalunga*.
307 Onetti, *Triste come lei e altri racconti*.
308 Queneau, *Zazie nel metró*.
309 Carta, *Anzelinu*.
310 Jovine, *L'impero in provincia*.
311 Compton-Burnett, *Servo e serva*.
312 Gide, *La porta stretta*.
313 Compton-Burnett, *Il presente e il passato*.
314 Sillitoe, *La solitudine del maratoneta*.
315 Compton-Burnett, *Madre e figlio*.
316 Frisch, *L'uomo nell'Olocene*.
317 Compton-Burnett, *Un dio e i suoi doni*.
318 Jovine, *Il pastore sepolto*.
319 Sciascia, *Il teatro della memoria*.
320 Levi (Primo), *Lilít e altri racconti*.
321 Buñuel, *Quell'oscuro oggetto del desiderio*.
322 McEwan, *Fra le lenzuola e altri racconti*.
323 Roussel, *Locus Solus seguito da Come ho scritto alcuni miei libri*.
324 Savinio, *Infanzia di Nivasio Dolcemare*.
325 Sillitoe, *Sabato sera, domenica mattina*.
326 Toller, *Una giovinezza in Germania*.
327 Grass, *L'incontro di Telgte*.
328 Cassola, *Ferrovia locale*.
329 Queneau, *Icaro involato*.
330 De Carlo, *Uccelli da gabbia e da voliera*.
331 Levi (Primo), *Il sistema periodico*.
332 Anderson, *Racconti dell'Ohio*.
333 Arguedas, *Il Sexto*.
334 Manganelli, *Pinocchio: un libro parallelo*.
335 Cassola, *La visita*.
336 Queneau, *Suburbio e fuga*.
337 Robbe-Grillet, *La gelosia*.
338 Caillois, *Ponzio Pilato*.
339 Pinter, *La donna del tenente francese*.
340 Cavani - Medioli, *Oltre la porta*.
341 Maraini, *Dimenticato di dimenticare*.
342 Durrell, *Justine*.
343 Biamonti, *L'angelo di Avrigue*.
344 Léautaud, *Passatempi*.
345 Durrell, *Balthazar*.
346 Calabrese, *Il Libro del Re*.
347 Durrell, *Mountolive*.
348 Ramondino, *Storie di patio*.
349 Durrell, *Clea*.
350 Del Giudice, *Lo stadio di Wimbledon*.
351 Tournier, *Venerdí o il limbo del Pacifico*.
352 Benjamin, *Diario moscovita*.
353 McEwan, *Cortesie per gli ospiti*.
354 Puig, *Queste pagine maledette*.
355 Shimei, *Mediocrità*.
356 Böll, *Il legato*.
357 Bernhard, *La partita a carte*.
358 Frisch, *Barbablu. Un romanzo*.
359 Puig, *Il bacio della donna ragno*.
360 Maraini, *Il treno per Helsinki*.
361 Böll, *Che cosa faremo di questo ragazzo?*
362 Emiliani, *Il paese dei Mussolini*.
363 Sciascia, *Occhio di capra*.
364 Malerba, *Salto mortale*.
365 Consolo, *Lunaria*.
366 Romano (Lalla), *Tetto Murato*.

367 Duras, *Una diga sul Pacifico*.
368 Beckett, *Film seguito da Commedie brevi*.
369 Fenoglio, *Primavera di bellezza*.
370 Malerba, *Il pataffio*.
371 Rigoni Stern, *L'anno della vittoria*.
372 Mancinelli, *Il fantasma di Mozart*.
373 Forti, *In Versilia e nel tempo*.
374 Böll, *Vai troppo spesso a Heidelberg*.
375 Böll, *Assedio preventivo*.
376 Romano (Lalla), *La treccia di Tatiana*.
377 Brecht, *Storie da calendario*.
378 Ribeiro, *Sergente Getúlio*.
379 Beckett, *Mal visto mal detto*.
380 Hrabal, *Inserzione per una casa in cui non voglio piú abitare*.
381 Fenoglio, *Una questione privata*.
382 Salinger, *Alzate l'architrave, carpentieri e Seymour. Introduzione*.
383 Miller (Arthur), *L'orologio americano*.
384 Rulfo, *Pedro Páramo*.
385 Simon, *La battaglia di Farsalo*.
386 Levi (Primo), *Vizio di forma*.
387 Tagore, *A quel tempo*.
388 Sereni, *Casalinghitudine*.
389 Madieri, *Verde acqua*.
390 Calvino, *Palomar*.